JN045403

Ronso Kaigai
MYSTERY
290

赤屋敷殺人事件

A. A. Milne
The Red House Murder

A・A・ミルン
横溝正史［訳］

論創社

The Red House Murder
1921
by A.A.Milne

目次

凡例

一、「仮名づかい」は「現代仮名遣い」（昭和六一年七月一日内閣告示第一号）にあらためた。

一、漢字の表記については、原則として「常用漢字表」に従って底本の表記をあらため、表外漢字は底本の表記を尊重した。ただし、人名漢字については適宜慣例に従った。

一、難読漢字については現代仮名遣いでルビを付した。

一、極端な当て字と思われるもの及び指示語、副詞、接続詞等は適宜仮名に改めた。ただし、意図的な当て字や作者特有の当て字は底本表記のままとした。

一、あきらかな誤植は訂正した。

一、今日の人権意識に照らして不当・不適切と思われる語句や表現がみられる箇所もあるが、時代的背景と作品の価値に鑑み、修正・削除はおこなわなかった。

赤屋敷殺人事件

主要登場人物

マーク・アブレット……………赤屋敷の主人
オードレイ・スティヴンス……小間使
スティヴンス夫人………………アブレット家の料理人兼家政婦。オードレイの叔母
マディユ・ケイレイ……………マークの従兄弟、秘書
ロバート・アブレット…………マークの兄
エルシー…………………………小間使
メイヂャー・ランボルド………陸軍少佐
ビル・ビヴァーレイ……………ワトスン役の青年
ベッティー・カレイディン……十八歳の娘
カレイディン夫人………………ベッティーの母。未亡人
ルス・ノリス……………………女優
アントニー・ギリンガム………ビヴァーレイの友人。素人探偵
バーチ刑事
ノーバリイ夫人…………………ジェランド荘の女主人。未亡人
アンヂェリヤ・ノーバリイ……ノーバリイ夫人の一人娘

第一章　白昼の銃声

暑い夏の午《ひる》さがりの中に「赤い屋敷」がいかにも睡むたげな光を浴びてまどろんでいた。花園では蜜蜂の羽音がする、楡《にれ》の梢では鳩が鳴いている、遠くで芝刈器の音が聞える――それはいかにも田舎らしいのびのびとしたもの音だった。

丁度家事の暇な時で、女中部屋では小間使のオードレイ・スティヴンスが外出用《よそゆき》の帽子の縁飾をなおしながら、叔母の料理人兼家政婦と無駄話をしていた。

「せいが出るのね。ジョーに見てもらうのかい」叔母は姪の膝の上の帽子を見やりながら表情のない声で、ひやかすともなくそう言った。

「ええ、ジョーはとても桃色が好きなのよ」

「桃色は私も好きだね。あながちジョーだけではないだろうよ」

「でもね、桃色は誰にだって似合う色じゃないことよ」オードレイはそう言うと、帽子を手にした腕を伸すと、暫くしげしげと眺めてから、「どう、いいスタイルでしょう?」

「とてもお前には似合いそうだよ。私ももう一度お前くらいの年頃になって、そんな帽子が冠ってみたいね。でも今じゃ、あたしには少し派手過ぎるわね。しかし同じ年頃の人にくらべるとあたしの方が似合うだろうよ。だけど年は考えなくてはならないからね。五十五のものは、五十五相応の風《ふう》をしなくてはならないからね」

「まあ、叔母さんは五十八じゃないの？」

「なあに、例えばという話だよ」叔母はむずかしい顔をした。

オードレイは針に糸を通して、再び縫い出したが、思い出したように、

「それはそうと旦那様のお兄さんが、十五年目に弟さんに逢いに来るなんて、どう考えてもおかしいわね。ジョーが十五年もいなくなったら、それこそあたしはどうなるだろう。とても淋しく生きていられやしないわ」

「ほんとうだね。今朝もいったように、あたしはこの家《うち》へ来てから、もう五年になるんだけど旦那様に兄さんがあるなんて、それこそ一度も聞いたことはないんだからね」

「あたしもそんなことは、夢にも知らなかったでしょう？　だから今朝食事の時に、その話を聞いた時には、それゃあ随分吃驚《びっくり》したわ。あたしが食堂へ入って行くと丁度その話の最中で兄さんがどうだのこうだのって、皆で喧《やかま》しくいってたわ。そしてあたしが、食堂から出ようとすると、旦那様が振返られて、『スティヴンス、兄が今日の午後に来るはずだからね、多分三時頃と思うが来たら書斎へ通してくれ』と仰有《おっしゃ》ったの。あたしは『かしこまりました』って平気を装って答えたものの、御主人に兄さんがおありになるなんて、想像もしていなかったことだったので、それはそれは吃驚したわ。そうそう、御主人はその後で、『兄はオーストラリヤから帰って来るんだ』って、仰有ってたわ」

「まあ、オーストラリヤからね。それじゃあたしがここへ来てからの五年の間に、何んのお音信《たより》もなかったのは無理もないね」

「五年どころか、十五年もお帰りになったことがないって話よ。ケイレイさんにそういっていらっし

ゃいましたわ」

「それはあたしも知ってるよ。あたしは、あたしの来てからのことを言っているだけなの。それはとにかくとして、そんなに長い間オーストラリヤへ行ってるなんて、きっとそれには理由《わけ》があったに違いない」

「理由って？」オードレイは何気《なにげ》なく叔母に訊いた。

「どんな理由か、そんなことはお前なんかは知らなくてもいいんだよ。お前のお母さんが死んでからは、あたしがお前のお母さん代りになってるんだから、余計なことは教える訳にはゆかないよ。ただね、紳士がオーストラリヤへ行く場合には、何かの理由があるんだということだけは教えといて上げよう。ことにね、御主人の仰有ったように、十五年もオーストラリヤにいたとすると、それ相当の理由がなくてはならないだろうね」

「きっと面倒なことが起ったからなんでしょう？」オードレイは叔母の意味ありげな口振《くちぶり》には無頓着に、ひどく軽くそう言った。「あたしが食堂へ入った時には、皆さんは御主人の兄さんて方はとてもひどい方らしいようなことを仰有ってたわ。それから、借金をするっていう風なことも仰有ってたわ。それから考えると、ジョーはとてもいい男ね。もう叔母さんには言ったかしら？　ジョーは十五磅《ポンド》も郵便貯金をしてるんですよ」

　叔母と姪との無駄話はそれ以上続かなかった。というのは、その時呼鈴《ベル》が鳴ったからである。呼鈴を聞くと、オードレイは躍《と》び上った。

「表玄関だわ。きっと兄さんよ。御主人は、『兄が来たら書斎へ通すように』って仰有ったが、きっと兄さんを他の方々に逢わしたくはないからよ。でも、それにしては皆さんはゴルフに出掛けていらっしゃる時分だし――そうだわ、きっと兄さんはオーストラリヤから金《きん》を沢山持ってお帰りになったんだわ。そうだと、あたしはオーストラリヤの話を伺って、ジョーにだけ教えてやるんだけど――」

「オードレイ、馬鹿なことを喋っていないで早くお行き！」

「今行くところよ」そしてオードレイは出て行った。

夏の暑い日中を歩いて来たものには、見るからに涼しげなこの「赤屋敷」の広間は、まず心惹かれるものに違いなかった。それは低い屋根のついた建物で、天井には太い樫の梁が渡されていて、壁は澄んだクリーム色で、水晶のように澄んで硝子《ガラス》の窓があり、その窓には水色のカーテンが掛《かか》っている。左右には幾つかの扉《ドア》があって各々《おのおの》の部屋に通じていた。広くて傾斜のゆるい階段は、右側の壁に沿って登っていて、途中で左に曲っていた。その階段を登って行くと、建物の端から端まで続いている、広い二階の廊下に出る。訪ねて来たこの家《や》の主人の兄のロバート・アブレットが泊るとすると、この廊下に沿った部屋に入ることになるのだった。

広間へやって来たオードレイは、何気なく歩いて来るとふと窓の下で読書しているケイレイに出逢ってビクッとした。きっとゴルフ・リンクにいるよりは、そこの方が涼しいためであったのだろう。がとにかく、家中に人の気配がまるでなかったところへ、オードレイは思い掛けなく、人の姿に突然出逢って、ひどく吃驚したのであった。ケイレイはこの家の主人の従兄弟《いとこ》だったが、彼もまた、突然小間使の姿を見て、ひどく驚いた様子だった。その証拠に、「あッ」と彼は叫びを上げた。オードレイは今度はひどくまごついた。「済みません、気がつきませんものでしたので」

するとケイレイは醜い顔に微笑を浮べて小間使を見た。オードレイはその視線を振切《ふりき》るようにして戸口の方へ進んで行った。

戸口へ行くと、一人の客が待っていた。オードレイはその客を見るとすぐに心の中で、「兄さんに違いない！」と呟いた。

後で彼女は叔母に向って、あの兄さんなら、御主人の兄さんだということを知っていなくても、どこで逢おうと、どんな時に出逢おうと、一眼でそうだと当てることが出来るだろうと話をした。実際、彼女はお客を見た時驚いた。客は主人のマークとまるで瓜二つだったからである。主人と同じように、その客人は顎鬚を三角形に刈込んでいた。口髭も主人と同じように入念に縮らせていた。眼の絶えず動いているところまでまるで主人そっくりだった。

オードレイの姿を見ると、客人は、

「マーク・アブレットさんに逢いたいんだがね」と、まるで脅迫《おどかし》でもしているような、怖い口調でそう言った。

するとオードレイは我に返って、愛想のいい笑みを強いて顔に浮べて、

「御主人はお待ちかねで御座います。どうぞこちらへ」とそれに答えた。

「君は儂《わし》が何者か知ってるのかね？」

「ロバート・アブレットさんでは御座いませんか？」

「そうだよ。とすると、弟は儂の来るのを待っているというんだね？　逢いたがっている様子だったかね？」

だがオードレイはそれにには何とも答えずに、繰り返して、

「どうぞこちらへ」とだけ言った。

オードレイは客人を案内して、左側の二番目の戸口へ行くと戸を開いた。

「ロバート・アブ――」彼女はその部屋にいるはずの主人に、そう言いかけて、急に言葉を噤《の》んでしまった。というのは、いるべきはずの主人の姿が、部屋の中に見えなかったからだった。それで、オードレイは客の方に向きなおると、「暫く中でお待ち願えませんでしょうか？　御主人は午後にはあなた様がお見えになるからってあたしに仰有っていられましたので、御部屋でお待ちなすっていらっしゃることとばかり思っておりましたのですが、お見えになりませんので、探して参りますから」

「済まないね」そう言うと、客は部屋の中を見渡してから、「この部屋は一体何だね？」

「書斎で御座います」

「書斎？」

「御主人の御仕事をなさる御部屋です」

「仕事？　初耳だな。弟にも仕事があろうとは思わなかった」

「書物《かきもの》をなさる御部屋なんです」オードレイは重々しい句調で言った。主人のマークが「書物」をしているということは――一体何を書いているのか、それは誰も知らなかったが――召使共の誇りにしているところだったからである。

「応接間代用にしては、あまり感心しない部屋だな」

「では、御主人を探して参りますから」

オードレイは扉《ドア》を閉めて外へ出た。

まず彼女は主人を探して書庫へ行った。だが主人の姿は見えなかった。それでかなり当惑しながら、彼女はケイレイの前に立って、

「御主人はどこへお出でになりましたか、御存じありませんでしょうか？　ロバートさんがお見えに

なっているんですが」と慎ましやかな声で訊ねた。

するとケイレイは、驚いたように、本から眼を離すと、

「何に？　誰？」と訊きなおした。

それでオードレイは同じ問いを繰り返した。

「知らないよ。書斎にいないのかい？　昼飯を食べた後で『寺』へ行った様子だったが、それから一度も逢わないよ」

「有難う御座いました。では『お寺』へ行って見て参りましょう」

「寺」というのは、庭の向うにある煉瓦建の亭《あずまや》だった。主家《おもや》から三百碼《ヤード》ほど離れている。

オードレイは主家を出ると、亭まで主人を探しに出かけた。だがそこにも主人の姿は見えなかった。とすると、主人は二階の居間にいられるのかも分らない。そう思いながら主家の方へ戻りかけた時である。どこかで銃声らしいものが聞《きこ》えた。「おや！　誰かが兎を撃ってるのかしら？」オードレイはそう思った。

だが、再び彼女が主家へ戻って、女中部屋の前を通りかかった時である。突然、女中部屋の扉《と》が開いて、中から不安げな様子の顔が現れた。

「オードレイ」と、呼びかけた、それは召使のエルシーだった。

と次いで、部屋の中から、叔母のスティヴンスの声がした。

「オードレイ、早く入ってお出《い》で！」

「どうしたっていうの？」皆の様子のただならないのに不審を抱《いだ》きながら、オードレイは女中部屋に飛び込んだ。

「どうしたもこうしたもないよ。お前は一体、どこをうろついていたんだね？」

「『お寺』まで行って来たんです」

「お前は妙な音を聞かなかったかね？」

「妙な音って？」

「鉄砲の音さ！」

「あの音なの」オードレイはそう聞いて、初めて不安が晴れたといった調子で言った。「あれはきっと誰かが兎を撃った音よ」

「兎だって！」叔母は腹立たしげにそう言った。「家《うち》の中に兎がいるとでも思っているの？」

「鉄砲の音は、家の中の、しかもすぐ近くで起ったのよ」

エルシーが蒼ざめた顔で説明した。

と、その時、「おやッ！」と叫んで、突然スティヴンス夫人が立ち上った。

皆は思わず、スティヴンス夫人の側にかたまった。

何者かがどこかの扉《ドア》を無理にも開けようとしているらしい音が聞えた。扉を揺《ゆす》ったり、押したり、蹴ったりしている音がした。

皆は不気味に黙り込んで耳を澄した。

と、次いで、荒々しい男の声が、

「戸を開けろ！　開けないか！」と叫んでいるのが聞えた。

「開けろ！　開けろ！　この扉を開けないか！」と叫ぶのが聞えたのである。

第二章　放浪児アントニー

　現在のマーク・アブレットは人の噂に上《のぼ》るほどの人間であるかどうか、それは人の見方によって定《きま》るものであろうが、それはとにかくとして、少しも、彼の若い時分の経歴などは、噂にのせる必要などはないだろうと思われる。ところが、世の中はそうでない。必要もない彼の過去についてまでも、色々な噂を立てるものがあった。世の中には、いらないことまで、根掘り葉掘り調べる人間があるものだ。そうした噂によると、マーク・アブレットの父親というのは、田舎の牧師をしていたという。また、マークは子供の時分に、近所の金持の後家さんの眼鏡にかなって、ケンブリッヂを卒業するまでの学資全部を出してもらっていたともいう。丁度彼がケンブリッヂを卒業した時に父の牧師は死んでしまった。それを機会《しお》に、彼は田舎を後にして、首都の倫敦《ロンドン》へ飛び出した。そしてそこで、高利貸と馴染になるような生活をした。その当時の彼は何か「書物《かきもの》」をしているという噂だったが、どうも借金の断状《ことわりじょう》以外には何も書いていなかった様子だった。

　ところが幸にして、（マークから考えての話であるが）彼が倫敦へ出て三年目に、彼の後援者《パトロン》の後家さんが、遺産全部を彼に譲って死んでしまった。その頃から、彼の生活は伝奇的な要素を失くして、歴史的な要素を持つようになりだした。彼は借金のかたをつけると、今までとは逆に、今度は彼自身が芸術家の後援者《パトロン》となったのである。

彼は芸術家の後援者になっただけではなしに、当時十三歳で、彼が後家さんに拾われる以前ほどに窮迫していた従兄弟のケイレイも引き取った。そして自分と同じように、ケンブリッヂも出してやった。最初の彼の考えでは、従兄弟の世話を見てやるという、義俠的な気持から、最高教育までさせたのであったが、さてケイレイが大学を出て立派な一人前の人間になると、そのまま手離してしまうことが惜しいものに思われ出した。それで自分の仕事の協力者にしようとした。

当時ケイレイは二十三になっていた。そしてマークの考え通り、マークの家《うち》に止《とど》まって、マークの仕事を手伝った。マークが「赤屋敷」と、その周囲の地所を買ったのは丁度その頃のことだった。

今ではケイレイは二十八になっている。だが見たところでは、従兄弟のマークと同年《おないどし》の四十位に思われた。

マークはその頃「赤屋敷」でよく客をした。だがその客は、いつもきまって――親切からと考えようと、虚栄心からだと考えようと、それは勝手だが――お返しに御馳走の出来そうにない人々ばかりだった。それはどんな人々であるか――小間使のオードレイ・スティヴンスの話に出た朝食時、あの朝食時に集った人々をちょっとばかり覗《のぞ》いて見よう。

その朝食に第一番に現れたのは、胡麻塩頭に同じ胡麻塩の髯を生やした、背の高いメイヂャー・ランボルドという男だった。黒い上衣《うわぎ》に、灰色のフランネルのズボンを穿いた無口な男で、年金で生活しながら、紙の歴史に関する論文を書いていた。その次ぎにやって来たのは、ビル・ビヴァーレイという快活な若者で、白のフランネルのズボンを穿いていた。

この若者は入って来ると、

「よう、メイヂャーさん」といきなり、先客に呼びかけた。「中風はどうです？」

「中風ではありませんよ」メイギャーはいかにも気に障ったらしい返事をした。

「では何とも申しますまい。朝食時《どき》から喧嘩はしたくありませんからね。珈琲《コーヒー》はいかがです?」ビルは自分の茶碗に珈琲を注《つ》ぎながら言った。

「沢山です。食後でなければ飲まないことにしているんですから」

「そうですか。自分の飲む時には、他人《ひと》にもすすめるのが礼儀だと思ったので、そう言ってみたまでのことなんですから」そう言って、ビルはメイギャーの向いに坐った。「ところでどうです、今日の天気は、手合せをするのに持って来いの天気じゃありませんか。ひどく暑くなりそうだが、今日はベッティーと一手合せやる約束があるんですよ。あなたは今日はおやりにならないんでしょうね? その身体でやられようものなら、もう第五のホールで中風が痛み出すし、第八のホールでは――」

「黙んなさい!」

「いや、私はただ忠告までに言っただけなんです。やあ、ノリスさんお早よう。今もメイギャーさんと言っていたところなんですよ、あなたと彼氏はどうしたんだろうってね。御給仕しましょうか、それとも一人で御召上りになりますか?」

「立たないで、坐っていて下さいな」ノリス嬢はビルに言った。「自分で頂きますから。メイギャーさんお早よう御座います」そして彼女はメイギャーに頬笑みかけた。

メイギャーは頷いてから、

「お早よう。暑くなりそうですね」と挨拶した。

と、その時ビルがまた声を上げた。

「よう、ベッティーさんお早よう。ケイレイ君お早よう」

ベッティー・カレイディンとケイレイは一緒に入って来たのである。ベッティーは十八で、こうして「赤屋敷」でお客のあるごとに、女主人役を勤めることになっている、ジョー・カレイディン未亡人の娘だった。ルス・ノリス嬢は、立派な女優をもって任じている娘であって、休日には休日で、これまた一流のゴルファーをもって任じるという仲々自惚《うぬぼれ》の強い娘だった。

そこへマークが入って来た。彼はいつも一番最後に食堂へ姿を見せるのが常だった。そして皆に挨拶を交してから食卓《テーブル》へついて、皆が喋っている間《ま》に、朝の手紙に眼を通すことにきめていた。

その日もいつものように手紙に眼を通していたが、突然、

「ええッ！」と彼は叫びを上げた。

その声に、皆の顔が斉《ひと》しくマークに向けられた。

「いや、これは失礼」

マークは皆を驚かせたことをまず謝った。それからいかにも当惑したらしく、眉をひどく顰《ひそ》めてから、

「ケイレイ、この手紙は一体誰から来たものと君は思うね？」

と訊ねかけた。

だが、卓《テーブル》の向う側にいるケイレイに、それがどうして当てられよう、ケイレイはただ肩をちょっと揺《ゆす》っただけだった。

「ロバートからだよ！」

「ロバート⁉」

「そうなんだ。今日の午後、ここへやって来ると言って来たんだ」

「オーストラリヤへ行っているとかの話でしたが――」

「そうだよ、儂もそんな噂は聞いていた」それからマークはメイジャー・ランボルドの方を向いて、「メイジャーさん、あなたには御兄弟がおありですか？」

「ありません」

「そりゃ結構です。忠告しておきますがね、兄弟なんてものは、持たない方がよろしいよ」

「もう今になっては、持てっこはありませんね」

ビルは笑った。

だがノリス嬢は真面目臭《くさ》って、「アブレットさんには御兄弟がおありだったんですか？」と問い返えした。

「一人あるんですよ」と、マークは眉を顰めながらそれに答えた。「早く帰ってみえたらお逢いになれるかも分りませんがね、その時には五磅《ポンド》借してくれなんて言い出すかも分りませんから、用心しなくては駄目ですよ」

そうした話を聞くと、皆はちょっとばかり気味悪そうな顔をした。

するとビルが茶化すように口を出した。

「僕にも一人弟があるんですがね、それは逆で、いつもこちら様からねだられる方なんです」

「ロバートそっくりだね」

「最後に英国にいたのはいつ頃なんです？」

ケイレイが従兄弟に言った。

「十五年位前だったと思うが、君はまだ子供だったからよく覚えているまい」

「いいえ、一度逢ったことのあるのを覚えていますよ。それから一度も帰らないんですか？」

「帰らないらしい。そこまでは儂も知らん」

「どうも僕の考えるところでは」と、ビルがまた口を入れた。

「血縁関係などというものは、五月蠅《うるさ》いだけで、少しも用のないものですね？」

「でも」と、ベッティー嬢がひどく真面目になってマークに言った。

「一家のうちに仲たがいのあるってことは、いけないことだと思いますわ」

するとマークが、ふと顔を上げて、むずかしい顔でそれに答えた。

「いけないことかも分りませんがね、あなたはロバートを御存じないからそんなことが言えるんです。兄の不行蹟、それから、兄から来たその後の手紙――ケイレイ、君も手紙は知ってるな？」

するとケイレイが不気嫌そうにこう言った。

「問題に出来る人間ではありません」

その言葉を聞くと、皆はもうこれ以上ロバートのことに触れない方がいいと思ったのだろう、暫く沈黙が続いてから、話題は他に移ってしまった。

×　×　×　×　×

メイヂャーが十六ホールまで漕ぎつけてティー・ショットをやっている頃、（ビルはあんなに冷《ひやか》したけれど、メイヂャーはとにかくそこまで漕ぎつけたのである）そして、マークと従兄弟が「赤屋敷」で仕事をしている頃のこと、アントニー・ギリンガムと呼ぶ男が、ウッドハム停車場で汽車を降りて、市《まち》への道を訊ねていた。そして道を教えられると、荷物は一時託《あずけ》にして、市への道を歩き出した。この人物は、この物語で主要な役目を持ってるので、話の中に入り込んでしまう前に、簡単ながら一応説明しておく必要がある。

この男を見てまず感じることは、眼が鋭いということである。海軍士官によく見るような、短髪無髯の顔の上には、灰色の二つの瞳が輝いている。しかもその瞳は、自分の前に現れたものは全て、その細部まで見極めなくては承知しないといったような、凝集性を持っている。だから、初めて彼の前に出たものは、まずその眼光にたじたじさされてしまうのだが、しばしば彼と逢った者は、時には心と視線とは、同じ方向に向いていないことを知るのである。言いかえれば、眼だけを歩哨に立たせておいて、心の中では勝手なことを考えているといった時もしばしばあったのである。そんなことは我々の日常生活でもよく起る。例えば、一人の男と話しながら、第二の男の話に耳を傾けているといったような場合である。だが、そうした場合の我々の眼は、歩哨の役をとかく忘れ勝ちになってしまう。だが、アントニーの眼だけはそうでなかったのである。

彼はその眼で世の中をよく見て来た。といって、決して旅をしてきたというのではない。二十一の時に母親が死んで、その遺産の利子が年々四百磅《ポンド》、彼の手に入ることになった時のことである。父のギリンガム氏は「家畜雑誌」から眼を離して、これからどうする心算《つもり》かと彼に訊ねた。

するとニ十一のアントニーは、

「世の中が見たいと思いますね」と、それに答えた。

「そうか。では亜米利加《アメリカ》なりどこへなり、行きたいところへ行くがいい。だが、時々は便りだけはくれるんだぞ」

「承知しました」

だがアントニーは倫敦から離れようとはしなかった。世の中を見たいと言った彼の言葉は、国々を見たいという意味ではなしに、人間を知りたいという意味だったからである。それもあらゆる角度から眺めてみたいという意味だったからである。それには倫敦ほど条件のかなった土地はない。それでアントニーは倫敦に止《とどま》ったまま、ある時は下男になり、ある時は新聞記者になり、またある時は給仕人になったりして、人間研究を始めたのである。年四百磅の実収《みいり》はあったのだし、なにも仕事にがつがつする必要は少しもなかった。だから、どんな仕事でも彼は楽しむことが出来たが、滅多に同じ仕事を長い間はしていなかった。給料などはてんで問題にしなかったので、仕事の口はいくらもあった。

そして現在の彼は三十の年を迎えた。

彼がウッドハム停車場で降りたのはウッドハムが馬鹿に気に入ったためだった。彼の切符はもっと先まで買われていたのだが、ウッドハムが気に入り、トランク一つの身軽な旅で、懐には金がある。とすれば、気軽な彼のことである。充分に途中下車をするだけの理由はあったことになる。

「ザ・ジョージ」館のお上《かみ》は不意のお客を喜んで迎えて、お荷物が停車場にあるのでしたら、午後には主人に取りにやりましょうと御世辞を言った。

「まだ御昼食《おちゅうじき》はお済みでないので御座いましょう……?」

「まだなんだが、何も変ったものはいらないよ。有り合せの冷いもので結構だ」

「ではコールド・ビーフでも差上《さしあ》げましょうか?」それはまるで、品数は無数にあるが、その中の最上のものを差上げるというような言い方だった。

「結構だな。それからビールを一杯頼むよ」

食事が終る頃になって、宿の亭主が荷物の受取証を取りに来た。アントニーはビールを二杯言いつけると、亭主と一緒に飲みながら話を始めた。

「田舎で宿屋商売をやってると仲気《のんき》でいいだろうな?」この言葉を、アントニー自身の独白《ひとりごと》と考えて差支《さしつか》えない。というのは、アントニーは近く商売がえをしようと思っている矢先だからである。

だが亭主は、

「仲気だとは思いませんね。でも、生活のためですから仕方御座いません」

と味のない返事をした。

「たまに休んでみてはどうだね」アントニーは亭主をじろじろ見ながら言った。

「これは妙なことを仰有いますね」亭主は笑いながらそう言った。「たった昨日のことでしたが、『赤屋敷』から見えましたお客様も、同じことを仰有いました。そして暫く店を借さないかってそんなことも仰有ってましたよ」

「『赤屋敷』って君は今言ったね? それは、スタントンの『赤屋敷』のことじゃないのかい?」

「そうで御座いますよ。スタントンはウッドハムの次ぎの停車場で御座います。こちらから参りましても、一哩《マイル》余りしか御座いません」

それを聞くと、アントニーはポケットから一通の手紙を取り出した。その手紙の差出人は、「スタントン、赤屋敷にてビル」となっていた。

アントニーとビルとは、二年前に、煙草屋で知り合いになった間柄だった。当時この二人は煙草屋に勤めていたのである。ビルの若さや元気のいいところなどが、きっとアントニーの気に入ったのだろう。煙草屋をやめてからも、彼等は文通していたのである。

「赤屋敷」の話が出ると、彼は急に昔の友達に逢いたくなった。それで暫く休んでから、彼は旧友に逢いに出かけた。

煉瓦建の古い建物――それが「赤屋敷」なのだが――の前まで彼がやって来ると、花園からは蜜蜂の羽音が聞え、楡の梢からは鳩の鳴声が聞え、遠くからは芝刈器の音が聞えてきた。

そして広間に入って行くと、そこで一人の男が錠の下りた扉《ドア》を叩きながら、「戸を開けないか！早く開けろ！」と叫んでいるのに出逢ったということになる。

「よう！」それを見て、アントニーは面白そうに声をかけた。

第三章　二人の男に一つの屍体

ケイレイはハッとして振り返った。

そのケイレイに、アントニーは丁寧に、

「お手伝いをしましょうか?」と声をかけた。

と、ケイレイは暫く息をはずませてから、

「何か事件が起ったのです！　弾《たま》の音がしたのです！」と嗄《かす》れた声で叫ぶように言ったのである。

「私は書庫にいたのですが、大きな音がしたのです。それで急いで駆けつけて来ましたところが――

こうして戸には錠が下されていたのです」そう言い終るともうケイレイは扉《ドア》を力まかせに押していた。

そして「開けないか！　マーク、戸を開けないか！」と叫んでいた。

それを見ながらアントニーが言った。

「扉《ドア》に錠が下されているのは、それだけの理由《わけ》のあってのことでしょう。とすると、いくら外から叫んでも、開けようはずはないでしょう?」

するとケイレイは解《げ》せないような顔をしながら、

「では破って入るより仕方がない。手伝ってくれませんか?」とアントニーに言った。そして言い終るが早いか、肩を扉に当てていた。

そのケイレイにアントニーは、また声をかけた。

「その部屋には窓がないんですか?」

するとケイレイは間の抜けたような顔で振り返って、

「窓?　窓ですって?」と繰り返し言った。

「窓を破る方が手っとり早いじゃありませんか」

アントニーは笑いながら言った。

「窓――なるほど。なんて俺は馬鹿だったんだろう!」

そう言うとケイレイは、アントニーを押し除けるようにして、家《うち》の外に馳出《かけだ》した。アントニーはその後を追っかけた。二人は家の前に沿って走ると、建物に沿いながら、左へ、左へと二度折れた。そして庭に入り込むと、ケイレイは、肩越しに、後《うしろ》のアントニーを振り返ってから、

「ここです」と言って、急に立ち停《どま》った。

なるほど前に窓がある。と、その時になって初めてアントニーは、いささかの昂奮を感じた。閉ざされた部屋の中で銃声――そう聞かされても、戸口に立っていた時には何だか不合理な喜劇的な要素しか感じなかったアントニーも、窓の下に立った瞬間、不吉な予感めいたものを感じないではいられなかった。

そのうちにケイレイは窓に額を押しつけて、部屋の中を覗いていたが、まもなく声を顫《ふる》わせながら、

「あそこを!　あそこを!　早く!」と叫んだ。

次ぎの瞬間には、アントニーも窓に額を押しつけていた。と、その眼に、部屋の向うの端で、背中をこっちに向けて倒れている一人の男が映ったのである。

「誰です、あれは？」

「まだ分りません」

「では、直ぐに入って見ましょう」だが窓は部屋の内部《なか》から閉められていた。「割って入るより仕方ありませんね。その枠のところを身体で押してみてくれませんか。それで駄目だと、蹴破って入るより仕方ありませんが」

アントニーに言われるままに、ケイレイは肩で強く窓を押した。するとなんなく、人一人通れる位の穴があいた。

部屋へ入るとケイレイは、まっ直ぐに倒れている男の傍に近づいた。だが直ぐには、その男の身体に触れようとはしなかった。しかし、漸く、勇気を出して、倒れている男の肩に手を掛けると、それを手前に引き寄せた。

が、ケイレイは直ぐにその手を離してしまった。そして、「神様！」と、低い叫びを上げたのである。

手を離された身体は再びどたりと背を向けた。

「誰です？」アントニーはすかさず訊ねた。

「ロバート・アブレットです」

「ロバート？　マーク・アブレットさんではないのですか？」

「マーク・アブレットはこの家《うち》の主人です。その兄なんです」それから身体をブルッとさせて、「マークかと思っていたが」とケイレイは、独白《ひとりごと》めいた言葉を言った。

「では、そのマークさんもこの部屋にいられたんですね？」

「ええ」がそこで初めて、そんな質問を自分に仕向けてくる男が、まるで自分の知らない男であることに、気付いたらしい様子で、

「だが一体、あなたは誰方《どなた》さまですか?」と訊き返した。

だがアントニーは、それには何とも答えずに、戸口へ行って把手《ハンドル》をぐるぐる廻していたが、やがて、

「この戸の鍵はポケットにある」と呟いた。

するとケイレイは聞きとがめて、

「ポケットにあるって、一体誰のポケットにです?」と訊き返した。

するとアントニーは肩をちょっと揺《ゆす》ってから、

「誰のって、この男を撃った男のポケットです」

それから改めて、「もう駄目ですか?」とケイレイに訊ねた。

と、ケイレイは、

「手を借してくれませんか?」とただそれだけ言った。

そこで二人は力を併せて、倒れた男を仰向けたが顔を背《そむ》けないではいられなかった。ロバート・アブレットは眉間を撃たれていたのである。ものに動じないアントニーさえも、血糊に汚れた怖しい形相を眼《ま》のあたりに見ては、恐怖を感じないではいられなかった。勿論ロバートは死んでいたのである。

だがアントニーは、静かな口調でケイレイに言った。

「勿論あなたは、この男をよく御存じなのでしょうね?」

「ところが、殆ど知らないのです」

とアントニーに言った。

「マークは私の従兄弟ですから——」

「はあ、あなたは御主人の従兄弟さんなのですか」

「ええ、そうなんです。ですからこのロバートとも従兄弟関係に勿論なるのですが、何しろロバートはまだ私の子供の時分にオーストラリヤに行ってしまっていたものですから、ついぞ逢ったことがありませんので」

二人の間には暫く沈黙が続いた。

その沈黙を破ったのはケイレイだった。

「とにかく、顔の血だけは洗ってやりましょうか?」

「そうですね」

鍵の下りている扉《ドア》に向い合って、この部屋にはも一つ扉があった。ケイレイは立ち上ると、その扉から出て行った。扉は開けっ放しにされていたので、その向うがアントニーにもよく見えたが、扉の外は廊下になっていて、その左右両側に扉が一つずつ付いていた。ケイレイはその右側の扉を開けて入って行った。その間アントニーは廊下の白い壁をじッと瞶《みつ》めていた。するとまもなく、水を含めたスポンヂと濡れたハンカチを両手に持って戻って来た。そして屍体の傍に蹲《しゃが》んで、綺麗に血糊を拭ってやった。

アントニーは思わず小さな溜息を洩らさないではいられなかった。やれやれという心持がしたのである。

それからアントニーは、急に思い出したというように、

「言い遅れましたが、私はギリンガムといいまして、ビヴァーレイに逢いに参ったものです」と自己紹介した。

「ああ、そうですか。私はケイレイと申しまして、この家《や》の主人の従兄弟で、この家《うち》に世話になっている者です。とんだ御迷惑をおかけしましたね。ビヴァーレイはゴルフに行ってるはずですが、おっつけ戻って参りましょうから――」

「そうですか。だが、今はこんなことを言ってる時ではありませんね。まず警察に電話をしなくてはなりますまい」

「警察へ？　そ、そうですね」

「そして警官が来ましたら、何もかもありのままを言うのです」

×　×　×　×　×

ロバート・アブレットの死んでいた書斎の様子をここで簡単に述べるとしよう。広間に通ずる扉《ドア》は鍵で閉されてしまっているが、便宜上、今はこの扉に鍵はかかっていないものと仮定しよう。そして広間から書斎に我々は入って行こう。扉を開けて中に入ると、我々は左右に長い部屋に入る。いや、正確に言えば、右に長い部屋だと言わなくてはならないだろう。というのは、左の壁は手の届きそうな位置まで迫って来ているからだ。我々の真正面には、今入って来た扉と向い合って、もう一つの扉がある。（その間の距《へだた》りは十五呎《フィート》ほどある。つまりこの部屋の幅は十五呎あることになる）その扉は数分前にケイレイが出て行ったものに当るのだ。右側の壁は我々から三十呎ほど向うにある。その壁に、アントニーとケイレイが破った窓が付いている。では我々は部屋を横切って、向いの扉の外に出よう。その扉の向うには、先ほどケイレイが出て行った時に説明したように、廊下がある。そして、その廊下を挟んで二つの部屋がある。ケイレイが先ほど入って行った右側の部屋は、今出て来た書斎の半分ほどの大きさの、小さな四角い部屋である。かつては寝室に使われていたらしい部屋であるが、今は寝台《ベッド》は置かれていない。部屋の隅には湯と水の栓のついた洗面所があり、椅子が数個戸棚が二つ、それに箪笥《たんす》が一つある。窓は書斎の窓と同じ方向に開いていて、その窓から外を見ると、直ぐ右手《めて》に書斎の壁が十五呎ほど突き出しているのが見える。この部屋は書斎の半分ほどしかないからだ。

この小部屋に向い合った今一つの部屋は湯殿になっている。といえば、この三つの部屋がいわば、一つの小さな纏った家《うち》になっているのが分るだろう。きっとこの「赤屋敷」がマーク・アブレットの持物になる以前には、階段を登り兼ねる病人でも、この書斎にいたものらしく思われる。だがマークが住《す》うようになってからは、この三部屋の中では書斎だけしか使用されなくなっていた。

彼は二階で寝ていたのである。

× × × × ×

ケイレイが警察へ電話を掛けている間《ま》に、アントニーは浴室を覗いてから、寝室へ入って行った。窓が開いていたので、その前に立って外を眺めた。窓の下には手入れの届いた芝生が見える。その向うには、睡《まどろ》んでいる庭が見える——およそ血腥い事件とは似ても似つかぬ平和さだった。

そうした景色を見やりながら、アントニーは心の中で考えていた。

「ケイレイは犯人は従兄弟のマークに違いないと、どうやら思い込んでいる様子だ。でなければ、あんなに長い間扉を叩いてなどいるはずがない。窓から押入ろうともしないで、扉を破ろうと努力したりする者もないはずだ。血迷ってしまっていて、それに気が付かなかったといえばそれまでのことではあるが――考えようによっては、従兄弟に逃げる機会を与えるためにやっていたことだととれないでもないと。いえばすぐに警察に電話を掛けようとしなかった点も変だ。それから――そうだ。裏の窓へ行くのにも、家の周囲《まわり》を一廻りしたのも変だ。裏の窓へ行くのには、家の周囲を一廻りしなくても、家の中を抜けて行けそうなものじゃないか。きっと行けるに違いない。これは一応調べてみなくてはならないことだ」

その時廊下に人の跫音《あしおと》が聞えたので、アントニーは振り返った。と、戸口にケイレイが立っていた。アントニーはその瞬間におやッと思った。扉《ドア》の開けっ放しになっているのが変に思われたからだった。

だが妙なことには、アントニーは驚いたものの、実は寝室に入った時に、扉を閉めたか閉めなかったか、その記憶はまるで頭になかったのである。だが、とにかくにも、彼が振り返った瞬間に、戸口にケイレイが見えたことが、彼にはひどく不自然な、意外な印象を与えたのである。潜在意識の流れと言おうか。何か彼の頭の底で、彼に意外な感じを与えるものが急に蠢いた訳なのである。

だがアントニーは、そうした疑問は暫くそのままにおくことにした。暫くすればその謎もきっと解けるに違いないと、彼は考えたからだった。

彼は驚くべき記憶力の持主だった。彼はただの一度でも見たり聞いたりしたものは、決して忘れはしなかった。時にはしばしば、はっきり意識しないものまで、記憶に残していることもあった。そうした記憶が今の場合、きっと彼に意外な感じを与えたものに違いなかった。とすれば、暫く待てば、きっとその記憶は呼び覚《さま》されるに違いないと、アントニーは思ったのである。

ケイレイはそんなことを考えているアントニーに近づいて、

「警察へ電話を掛けて来ました」と報告した。「ミドルストンから刑事が来て、スタントンから巡査と医者が来るはずです」

「そのミドルストンは遠いんですか？」そのミドルストンは、アントニーが六時間前に切符を買った行先である。とすると、この質問はひどく不合理な質問である。

「二十哩《マイル》ほど先です。ところで、もうそろそろ皆の帰って来る時間です」

「皆って、ビヴァーレイ等《ら》のことなんですか？」

「そうです。皆が戻って来ましたら、何とか言って直ぐに帰ってもらうようにしなくてはなりません」

「それがいいでしょう」

ケイレイはそこで暫く黙ってから、改まってアントニーに訊ねた。

「あなたはこの近くにお住いですか？」

「住んではいませんが、ウッドハムの『ザ・ジョージ』に宿をとっております」

「ではいかがでしょう、御都合さえつきましたら、ここに泊って頂く訳には参りますまいか？」それから少し躊《ため》らいながら、「実はあなたにいて頂かないと困るのです」と先を続けた。「と申しますのは、これから取調《とりしら》べだとか、その他色々な面倒な問題が起りましょうかと思うからです。私は従兄弟に代りまして――万一従兄弟があなたを――お待遇《もてなし》出来ない場合のことなのですが――」

「分りました。そんなことはどうだってかまいません。ではは私はこちらへ移って来ることにしましょう」

「早速承知して頂けまして有難いと思います。御一人では御怠屈《たいくつ》でしょうから、ビヴァーレイ君にも残ってもらうように致しますから」

その時アントニーは、窓の外を眺めながら、木に竹を繋ぐような思いもかけない言葉を言った。

「なるほど、ここから奴さんは逃げたんだ」

それを聞くと、ケイレイは吃驚したように訊き返した。

「逃げたって、誰がです?」

「殺人犯人がです。あるいは、ロバート・アブレットが殺された後で、扉《ドア》に錠を下した人間かも分りません」

「どうしてです?」

「どうしてって、ここより他には逃げて出た形跡がないからです。書斎の窓は全部中から閉っていましょう?」

「でも変ですね」

「私も最初は変だと思いましたよ。しかし」そこでアントニーは右手《めて》の書斎の壁を指した。「これ、この通り、この窓は書斎の蔭になっていますね。しかも、草叢だって近い処にあるのです。書斎の窓から逃げるよりは、ここの窓から逃げた方が、人に見られるプロバビリティーはずっと少くなるはずです。書斎の窓からなど逃げ出そうものなら、台所からも庭からも、見られる危険があるでしょう? しかしここから逃げたとすると、庭の一部から見えるだけで、台所からはまるで見られなくて済むんです。そうです! この犯人は何者にもせよ、この家《うち》の勝手をよく知った者に違いないことは確かです。そして この窓から逃げ出して、手近の草叢に逃げ込んだのです」

ケイレイはそこでじろじろ相手を見た。

「あなたはこの家に初めてお出でになったにしては、馬鹿にこの家に明るいですね」

アントニーは笑いながらそれに答えた。

「私は生れながらに、なかなか眼がよくきくのです。だがそれはとにかくとして、ケイレイさん、犯人がここから逃げたという意見には、あなたも同感なさるでしょう？」

「あなたの仰有る通りらしく思われますね」

第四章　濠洲《オーストラリヤ》から来た男

ゴルフに行っていた連中は、まもなく自動車で戻って来た。

車が「赤屋敷」に近づいた時、ビルが大声で叫びを上げた。

「よう、そこにいるのはアントニーじゃないか？」

ビルの眼は狂っていなかった。アントニーは家《うち》の前で、皆の帰りを待っていた。車が玄関の前へ着くと、ビルは第一に飛び降りて、久し振りに逢った旧友に抱きついた。

「よう、よく来たな、泊る心算《つもり》でやって来たのか、それとも、何か用があってやって来たのか？」

「それは後で話すとして」アントニーは静かに言った。「とにかく、皆さんを僕に紹介してくれないか？　皆さんに伝えなくてはならないことがあるんだから」

それを聞くと、ビルは興醒めた顔をした。だがすぐに、皆にアントニーを紹介した。するとアントニーは低い声で、

「せっかく楽しく戻っていらっしゃった皆さんに、こんなお知らせはしたくないのですが」と切り出した。「実は、マーク・アブレットさんの兄さんのロバートさんが、書斎で何者かに殺されなすったのです」

「神様！」メイヂャーが叫んだ。

「それは何時頃《いつ》の事なんです？」それはカレイディン夫人の声だった。

「二時間ほど前のことです」それからアントニーはビルの方に向きなおって、「実は僕は君を訪ねてやって来たんだ。そして計らずもロバートさんの死に出逢ったということになるんだ。もう警官も警察医も来ている。それでケイレイさんはその方についていなくてはならないので、僕がケイレイさんの代理になって、実は皆さんに事の次第を伝えに、ここまで出向いて来たというわけなんだよ」それから、アントニーは再び客の方に向き直って、「それからこれは非常に言い悪《にく》いことなのですが、こんな事件が起りましては、皆さんのお待遇《もてなし》も出来ますまいし、それだけならばまだしものこと、御迷惑をお掛けするようなことがありましても困りますから、出来るだけ早く一先《ひとま》ず皆さんにここはお引き上げになって頂くように願ってみてはくれまいかとの、ケイレイさんの内意も私は受けてやって来ているのです」

ビルはただあきれたような顔をして、口をぽかんと開けていた。

ノリス嬢は、さすがに女優だけあって、いかにも怖ろしそうな声をして、「誰が一体そんなことをしたのでしょうか？」と言った後で、ひどく物悲しそうな表情をした。だがさすがにカレイディン未亡人は、少しも分別を失わなかった。そして落着いた声で、

「それはそうでしょうとも」とアントニーに答えた。「あたくしらがいましては、きっとお邪魔になるでしょう。でも、といってこのまま直ぐに帰る訳にもまいりますまい。一度はマークさんにお逢いして、その後でお暇《いとま》するのが道だろうと思います。それにあたくしらだって、ひょっとすると――」

カレイディン夫人は先を続けるのを躊躇した。

するとメイヂャーが突然に、じっとアントニーを瞶《みつ》めながら、

「マークさんはどこにいられるのです?」と問いを出した。

だがアントニーはそれにには、何も答えなかった。

するとメイギャーは、カレイディン未亡人の側《そば》に寄って行って、

「あなたは今夜ベッティーさんをお連れになって、とにかく倫敦へお帰りになった方がいいだろうと思いますよ」と言った。

「ええ、あたくしもそれがいいと思いますわ」カレイディン未亡人は静かに言った。

するとメイギャーが、

「私も今夜あなたと一緒に帰ります」と突然言った。

とアントニーが、

「申し忘れていましたが」と、皆に言った。「ケイレイさんは皆さんに自動車も電話も自由にお使い願うように伝えてくれと申されました」それから彼はちょっと笑顔を見せてから、「私の申しましたことに気に障《さ》えられたところがありましたら、それはケイレイさんの罪ではなくて、私の口下手の罪だと思って許して頂きたいと思います」と付け加えた。それから皆にお辞儀をして、彼は家へ入って行った。

アントニーは玄関で、書庫へ行こうとしているミドルストンから来た刑事と、ケイレイとにばったり出逢った。ケイレイは立ち停ると、アントニーに頷いてから、

「刑事さん、ちょっと待って下さい。この方がギリンガムさんです。一緒に行ってもらった方がいいと思うんですが」と刑事に言った。それから今度はアントニーに「この方がバーチ刑事」と紹介した。

バーチ刑事は二人の顔を見較べた。

「このギリンガムさんと私とが、一緒に屍体を見付けたのです」ケイレイが説明するように刑事に言った。

「ああ、その方ですか。では一緒に来て頂きましょう」

三人は揃って書庫へ入って行った。刑事は机の前に坐って、ケイレイは机の横の椅子についた。アントニーは好奇心に燃えながら、安楽椅子に腰を下した。

するど刑事が口を開いた。

「まず屍体から始めましょう。ロバート・アブレットと言いましたね」刑事は手帳を取り出した。

「ええ、ここの主人の兄なのです」

「この家《うち》に住《すま》っていたのですね？」刑事は鉛筆を削りながら言った。

「いいえ、この家には住っていません」それからケイレイは、ロバートについて知ってるだけのことを刑事に言った。

「はあ、悪いことをして故郷《くに》を追い出されたというんですね。一体どんなことをしたんです？」

「ところが私は、それを知らないんです。ロバートが追い出されました時は私は十二だったのです。だから誰も、そんな私に、理由《わけ》などは教えようとはしなかったのです」

「マーク・アブレットさんも、その兄さんについては、何も話されなかったって仰有るんですね？」

「ええ。そんな兄のあることを、ひどく恥じていましたので」

「オーストラリヤから時には便りを寄越しましたか？」

「たまには寄越しました。ここ五年間に三通か四通は寄越していたと思います」

「金の無心ですか？」

「まあそんなものです。しかしマークは一度も返事を出していなかった様子です。金も送っていなかった様子です」

「あなたの御考えをお訊ねするんですが、マークさんは、その兄さんを不当に、過度に、憎んでいられるようなところはありませんでしたか？」

「ありましたかも分りません。しかしロバートさんは、出来れば弟さんと仲直りがしたかったらしい様子でした」

「なるほど。では今朝のことに移りましょう。今朝ロバートさんから来た手紙を、あなたは御覧になりましたか？」

「来た時には見ませんでしたが、後でマークに見せてもらいました」

「その手紙には所書《ところがき》がありましたか？」

「ありませんでした。皺のいった紙片《かみぎ》れをしかも半分に裂いて書かれたものでした」

「どこにあります？」

「知りません。きっとマークのポケットにあることと思います」

「その手紙をあなたは覚えていられますか？」

「大体は覚えています。なんでも『遥々オーストラリヤからお前に逢いに帰って来た。だから、心の中はともかくも、表面《うわべ》だけでも機嫌よく迎えてくれることを希望する。三時頃には行く心算《つもり》』そんな文面だったと思います」

「なるほど」その文句の通りを刑事は手帳に書き取った。「消印はどこになっていました？」

「倫敦でした」

「その手紙を受取った時のマークさんの様子は?」

「困憊《こんぱい》と、憎悪――」とケイレイは言い渋った。

「それから懸念ですか?」

「いや、というよりは、不愉快な会見に対する懸念といった方がいいでしょう」

「では、暴力というようなものは、少しも気にしていなかったと仰有るんですね?」

「気にしていなかったように思います」

「そうですか。そして、三時にその兄さんが見えたというんですね」

「ええ、三時頃でした」

「その時家《うち》の中には誰々がいられました?」

「マークと私と、それから召使達です」

「お客は誰もいなかったのですか?」

「お客はみんなゴルフに行っておりました。皆は今夜にも倫敦に帰ると言っておりますが、帰しましてもかまいますまいね?」

「用の出来た時に、名前と住所が分るようにさえしておいて頂ければ、かまいません」

「勿論それは分っています。その中《うち》の一人だけは、後に残ることになっています」ケイレイはそこでアントニーを顧みた。「この方の友達だからです」

「そうですか。ところで話は三時に戻りまして、ロバートさんの見えた時には、あなたはどこにおいででした?」

ケイレイはそこで、彼は広間で本を読んでいたこと、そこへ小間使のオードレイがやって来て、主人はどこかと訊ねたこと、それに対してさっき「寺」へ行くのを見たがと答えたことなどを話して聞かせた。

「すると小間使は外へ出て行きました。それで私は本の続きを読みましたところが、その時、階段に私は跫音を聞いたのです。誰だろうと思ってはッとして仰向くと、マークの姿が見えたのです。マークはそのまま彼の書斎に入りました。それで私は再び本を読み続けました。それから私は、まもなく書庫に他の本を探しに入りました。ところが、私が書庫に入って間《ま》もなしに、弾の音が聞えたのです。だが、それは今になってこそ弾の音と私にもはっきりと言えるのですが、聞いた時は、何か妙な音が聞えたという位で、何の音とは直ぐには判断はつかなかったのです。私は思わず立ち上って耳を澄ましました。それから戸口に近づいて、扉《ドア》の外を眺めてみました。それから私は一旦もとへ戻ってから、どうも気掛りになりましたので、思い切って書斎の前まで行ったのです。そして把手《ハンドル》を廻しましたが、鍵が下りていたのです。私は初めてはッとしました。それで扉を叩いたのです。大声に呼んでもみたのです。それから――そこへギリンガムさんが見えたということになるのです」それから彼は屍体を見つけるに至った経緯《いきさつ》を詳しく話した。

　すると――刑事は笑いながら、

「よく分りました。いずれ後で、お訊きしなくてはならないことが出来るだろうと思いますが、それはこれ位に止《とど》めておいて、次はマークさんのことに移りましょう。あなたはさっき、マークさんは『寺』においでになっているものとばかり考えていられたと仰有いましたが、広間にいられたあなたの前を通らないで、二階の部屋に上って行かれることが出来るのですか？」

「出来るのです。後《うしろ》にも階段があるからです。だが、普段は、その階段を使ってはおりません。それからあなたは、私が広間にいましたのにと仰有いましたが、私はずっと広間にいたのではないことをお含み願っておきたいと思います」

「だからあなたは『寺』にいられるはずのマークさんが、突然、二階から降りて来られても、別に意外にお思いにはならなかったと仰有るんですね?」

「そうです。少しも意外だとは思いませんでした」

「その時マークさんは何とか声を掛けられましたか?」

「マークは、『ロバートが来ただろう?』って言いました。きっと呼鈴《ベル》の音を聞きつけたか、玄関の声を聞きつけたんでしょう」

「マークさんの寝室はどちらを向いているのです? 兄さんのやって来るのが、見えたのではありませんか?」

「そうだったかも分りません」

「それから?」

「私は『来ています』とそれに答えました。するとマークは肩をちょっと揺ってから、『あまり遠くへ行かないでくれ。用が出来るかも分らないから』と言いました。そして書斎に入りました」

「どんな意味でそんな言葉を言われたのでしょう?」

「マークは何事でも私に相談することにしているのです、私はマークの秘書なのです。それだけのことで、別に深い意味はなかったのだろうと思います」

「そうですか。して、それから弾の音を聞くまでには、どれくらいの間《ま》がありました」

「直ぐでした。二分位だったろうと思います」

刑事は手帳に書き留めてから、じッと暫くケイレイを見た。それから急に、

「ロバートさんの死を、あなたはどうお考えになりますか」と訊ねた。

ケイレイは肩を揺ってから、

「それはあなた自身でお調べになられた方がいいと私は思います。その御質問には私は素人《しろうと》の意見しか申せませんし――マークの友人としての意見しか申せないからです」

「と仰有ると？」

「つまり、ロバートはピストルを持って、何か面倒なことを言いに来たのに違いないとの考えです。マークが部屋へ入るとすぐにロバートはピストルを突きつけた。それをマークは奪おうとした。そこでちょっと争いがあると、拍子でピストルが発射した。マークが吃驚した時には、マークの手にはピストルがあって、足下には兄のロバートが倒れている。マークはその瞬間に逃げなければと考えた。そこでマークは本能的に扉《ドア》に鍵を下してしまった。そこへ私が扉を激しく叩きだした。だからマークは窓から逃げねばならない破目になってしまった」

「なるほどね。仲々辻褄は合っていますね。だがギリンガムさん、あなたはケイレイさんの意見をどうお考えになります？」

「もっともな意見だと思います」

「では他に御意見はないんですね？」

「ええ、ありません」

「あなたはピストルの撃たれた時にはどこにいられました」

「この家《うち》の車道を歩いていた頃だと思います」

「玄関から誰か出かけた様子はありませんでしたか?」

「誰の姿も見えませんでした」

「確かですね?」

「確かです」

「有難う。あなたは『ザ・ジョージ』においでなのですね?」

するとケイレイが、

「ギリンガムさんには、取調べが済むまではここにいて頂くことにしたのです」

とアントニーに代って答えた。

「いや色々と有難う御座いました。これから女中さん達を調べてみましょう」

第五章　ギリンガムの新職業

ケイレイが呼鈴《ベル》を鳴らしに行く間《ま》に、アントニーは立ち上って戸口の方へ歩き出した。

「もう今のところは御用はありませんね？」

「ええ、御迷惑をお掛けしました。散歩でもしていらっしゃい」

それから刑事はちょっと考える様子をしてから、

「ケイレイさん」と呼びかけた。「私はあなたにも座を外して頂いて、女中さんとは差向《さしむか》いで話してみたいと思うのです。大体女中さんというものは、人がいますとおどおどしますものですからね」

「仰有る通りです。それでは私も失礼しましょう。それにお客にも一度私自身から、断りを言わなくてはならないと丁度思っていたところですから」

二人は戸口を出ようとした。すると、刑事が思い出したように、

「お客様の中で、そう、ビヴァーレイさんとか仰有いましたね、お残りになる方は？」

と声をかけた。

「そうです。お逢いになるのですか？」

「後でいいんですが」

「ではそう申しておきましょう。私は二階の自分の部屋におりますから、御用がありましたら、女中

を呼びに寄越して下さい。ああスティヴンス、バーチ刑事がお前に少し訊きたいことがあると仰有っていられるんだ」

「左様《さよう》で御座いますか」オードレイはひどく澄して答えたが、内心びくびくでいたのである。

もうその頃までには、女中部屋にも主人の兄の怪死事件は知れていた。そしてオードレイは得意になって、ロバートの言った言葉や彼女の言葉を、仲間の間に吹聴していた。また幾度も、「私はあの方を見た時から、自殺しそうな方だと思ったわ」を繰り返していた。またスティヴンス夫人はスティヴンス夫人でオードレイに言った言葉、「オーストラリヤに行くほどの人は、よくせきの理由《わけ》がなくてはならないんだよ」を繰り返していた。そしてとどのつまりが、主人の兄は自殺して、主人は嫌疑を怖れて逃げ出してしまったに違いないと結論していた。エルシーも二人の意見に雷同したが、それでも彼女には言いぶんがあった。というのは、彼女は兄を脅しているマークの声を耳にしていたからだった。

「あたしはこの耳で、『今度は儂の番だ！ 見ていろ』って勝ちほこったように仰有ってるのを聞いたのよ」

するとスティヴンス夫人が言った。

「それが脅し文句だとお前が考えるのなら、お前はよっぽどどうかしてるよ」

だが、オードレイは刑事の前へ出ると、エルシーの言葉を思い出さずにはいられなかった。彼女は幾度《いくたび》も同じことを繰り返して言ったことのある人間にだけ許されるような、はきはきした口調で刑事の問いに答えた。

「では君は結局マークさんには逢えなかったんだね？」

「はい。わたくしが『お寺』へ参ります前に、御主人はお帰りになって二階の部屋へ入られたものと思えます。でなければ、わたくしが裏口から『お寺』へ参りました時に、表玄関からお入りになったものと思われます」

「そうか、それだけ聞けばもう君には用はない。有難う。ところで仲間で――君の仲間でだよ――誰か変ったことを見聞きしたものはない様子かね？」

「エルシーが御主人とロバートさんとが話していらっしゃるところを聞いたと申しております。何でも――」

「ほう！　だがその話はそのエルシーとかいう人から直接聞かせてもらうことにしよう。して、そのエルシーっていうのは、何者なんだ」

「わたくしと同じ小間使で御座います。お呼びいたしましょうか？」

「うん、呼んでもらおう」

　エルシーは刑事に呼ばれたことを、あまり迷惑には思わなかった。というのは、そのためにスティヴンス夫人の小言を聞かないで済むからだった。

　エルシーはその日の午後の行動を、ふとスティヴンス夫人に洩らしてしまってから、ひどく後悔を感じさされた。エルシーだって、用もないのに表の階段を降りたり、階段のすぐ上のノリス嬢の部屋に忍び込んだりすることが、どんなに悪いことであるかは十々承知でいたのである。だがそんなことをやったのも実は掃除に行った時にふと眼についた、好きな著者の、美しいカヴァーのかかった本が原因だったのである。が、そんな説明はいくらしても、「こんな礼儀正しい家の中で」そんな行為は許されないと、スティヴンス夫人は怒ったのである。

だがエルシーは、そんなことは刑事のバーチに言う必要はなかった。刑事にとって必要な話は、その時彼女が広間を通りすがりに、書斎の前で耳に入れた言葉だった。

「それで立ち停って聴いたんだね？」刑事は言った。

「立ち聴きをした訳ではないんです」エルシーは誰も自分を諒解してくれないんだと、悲しく思いながらそう答えた。「私はただ広間を通り過ぎただけなんです。勿論中で秘密な話が交されているなんて、夢にも考えてはいなかったんです」

「分っている、分っている」刑事はなだめるようにそう言った。「僕は何もそんなことを責めているのではないんだ」

「誰もわたくしを分ってくれないんです」エルシーは鼻を鳴らした。

「私だけにはよく分るよ。何もそんなことを気にすることはないじゃないか。して、その時お前さんはどんなことを聞いたんだね？　正確な言葉を思い出して言って欲しいが」

「何だか囁いているような声がしていましたが、やがて御主人が勝ちほこったような声で、『今度は儂の番だ！　見ていろ』って言われたのを聞いたのです」

「勝ちほこったような声で？」

「つまり、御主人に形勢が有利になったらしい声でということになるんです」

「その時聞いたのはそれだけか？」

「ええ、それだけです。何しろ広間を通りがかりに聞いたんですから、立ち停って聴いたのではないんですもの」

「いや有難う。大変参考になったよ」

女中部屋へ戻って行ったエルシーの足は軽かった。スティヴンス夫人も少しも怖れてはいなかった。その間にアントニーはアントニーで勝手な調査を始めていた。彼にはどうしても頷けない節があったからだ。彼はまず広間を抜けると、扉《ドア》の開かれたままになっている門口に立った。そして左右を見廻した。彼とケイレイとは、裏の窓へ行く時は、そこから左へ馳けて行った。だが、右へ廻った方が近道ではなかったか？　頷けない節というのはそれだったからである。広間は家《うち》の真中になかった。家の左の端にあった。とすると、明らかに、彼等は遠廻りをしたことになる。だが、ひょっとすると、右に廻ると何か障碍物があるのではないだろうか？　それで彼は実地踏査にすぐ移った。だが障碍物はまるでなかった。しかも道程《みちのり》は、左へ廻った半分ほどしかなかったのである。なお、この実地踏査によって、彼等の破った窓から少し離れたところに、戸口のあるのも知れたのである。その戸口の把手《ハンドル》を廻してみると直ぐに開いた。そして中には廊下があった。その廊下の向うの端には扉があったが、それを開けると広間に出た。

「とすると、この道が裏へ出るには一番の近道だということになる」アントニーは心の中でそう言った。「その次ぎが右に廻る道となる。とすると、我々は一番遠廻りをしたことになる。なぜだろう？　マークに逃げるだけの時間を与えるためだったのだろうか？　だが、そうだとすると、何故《なにゆえ》ケイレイは馳けたのだろう？　またどうしてケイレイには、逃げ出すのがマークだということが分っていたのだろう？　もしも二人の中《うち》の一人がピストルを撃ったのだと思ったとしても、その撃った方は、ケイレイの考えからすれば、当然ロバートでなければならないはずじゃないだろうか？　屍体を見た時にケイレイは何と言った。『マークがやられたのかと思ったが』そんなことを言ったではないか！　とすると、ロバートに逃げる余裕を与えたことになってくるが、そうだとすると矛盾が出来る。矛盾と

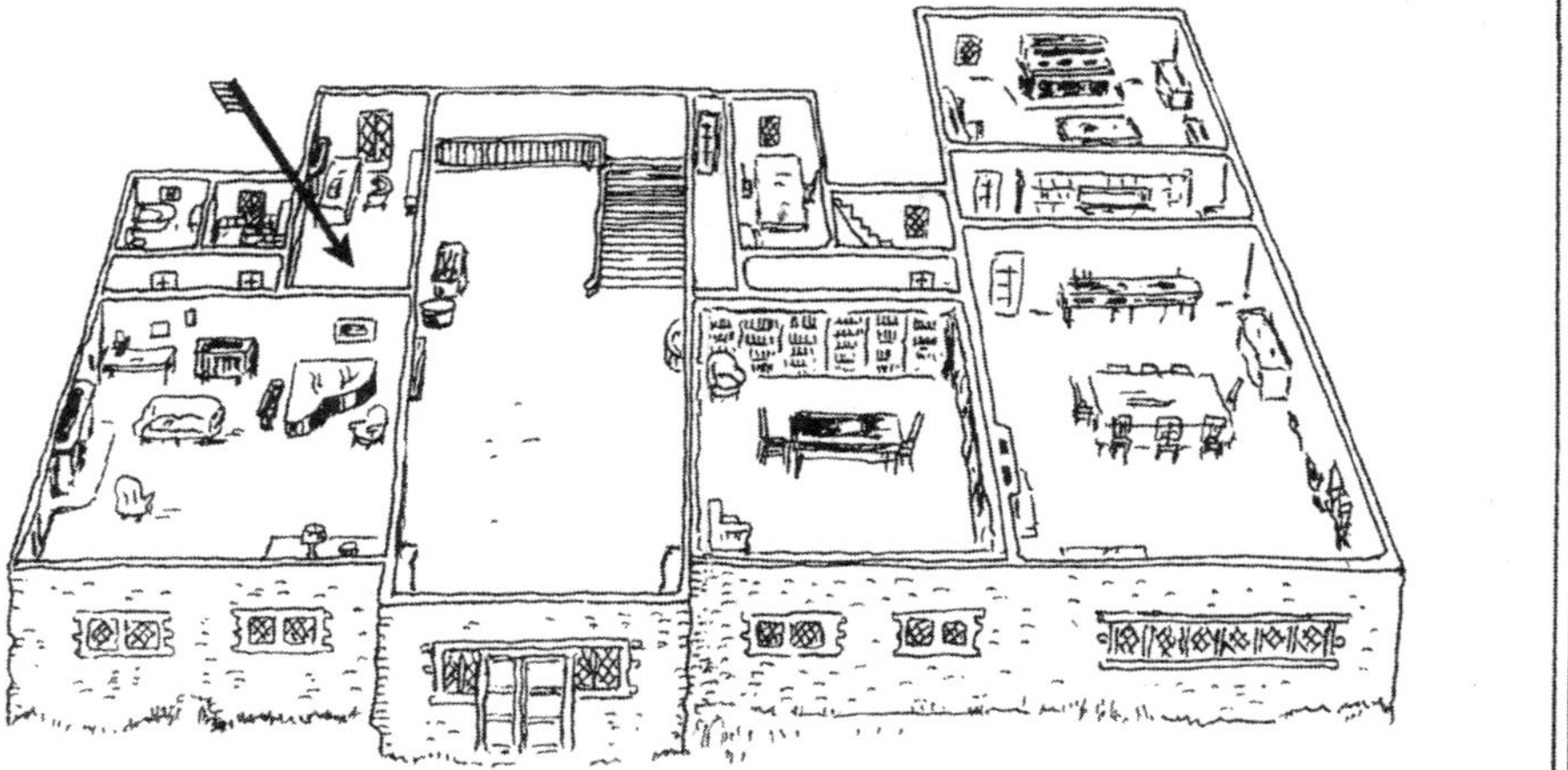

赤屋敷

正面の玄関をはいったところが広間。広間の右手の扉《ドア》を開けると、書庫、食堂、台所。広間の左手の二番目の扉を開けると、そこが書斎。ケイレイが叩いたのはこの扉《ドア》である。ケイレイはギリンガムを連れて玄関を出ると左へ折れて、家の背後へ廻り窓を壊して書斎へはいり、矢印のある場所に死体を発見した。

もし玄関を出て右へ廻ったら距離が半分も近いわけだし、また広間の背後の裏の出入口を通れば、それよりもっと近かったはずである。ケイレイはなぜ一番遠い道を選んだか？

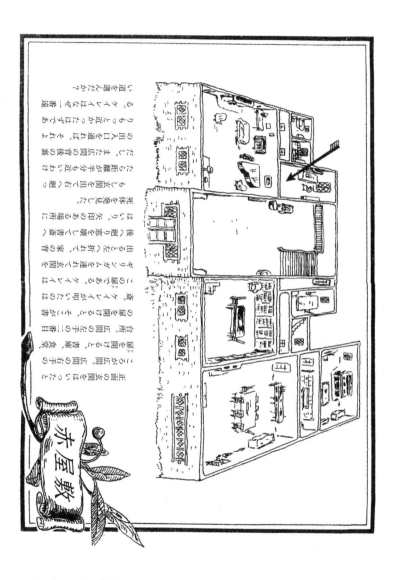

いえば、逃げる余裕を与えるにしては、走ったことも、これもまた矛盾だ」

アントニーは再び家を出ると、裏の芝生へ戻って行って、書斎の窓の前のベンチに腰を下した。そして、

「ケイレイの心の中をよう く考えてみる必要がある」と独白した。

ロバートの訪ねて来た時には、ケイレイは広間にいた。小間使がマークを探しに出かけて行く。ケイレイは本を読んでいる。そこへマークが降りて来る。そしてケイレイに遠くへ行かぬようにと命令する。それからマークは兄に逢うために書斎に入る。その時ケイレイは果してどんなことを予期していただろう？　それは、まるで呼ばれないで済むか、それとも何かの用事で——例えばロバートの借金を払ってやる件についてとか、オーストラリヤへ返すについての相談とかで——呼び出されるか、それともあるいは、無頼のロバートを家の外へ逐《お》い出すために、彼の肉体的な援助を求めるか——その三つであったに違いない。ところでケイレイは、暫く広間に坐っていて、それから書庫へ入っている。が、書庫は書斎の近くなのだ。呼ばれたなら、すぐに飛んで行ける位置にいたことになる。ところが突然ピストルの撃たれた音が書斎でした。田舎の家では、ピストルの音ほど意外な物音はないだろう。とすれば、ケイレイが一時は一体何の音か、と判断しかねた心は分る。そして聴き耳を立てたが後は物音一つしない。一、二分して、再びケイレイは書庫の戸口へ戻ったという。そして初めて、無気味な沈黙に不安を感じだしたという。ひょっとすると、今の音はピストルの音ではなかったろうか？　不合理だ！　だが——気休めに、書斎へ何かの口実で入って行っても、決して悪くはないだろう。それで彼は把手《ハンドル》を廻した。ところが——その扉には鍵が掛かっていた！

その時ケイレイはどんな気持がしただろう？　驚き、不安、何事かが起ったことを直覚したに違い

ない。今の音はピストルの音に違いなかったと思いたくなくても思わないではいられなかったに違いない。そこで彼は扉を叩いた。マークの名を呼んだ。だが返事がない。驚愕——字義通りの驚愕を覚えたに違いない。だが、その驚愕は、果して誰の身を案じての驚愕だったろう。勿論マークの身を案じてのものであったに違いない。ロバートは彼にとっては未知の男だ。それにひきかえて、マークは彼の親しい男だ。それにロバートは五月蠅い客だ。逆にマークは教養のある立派な紳士だ。喧嘩が起ったとすれば、誰しもロバートがマークを撃ったに違いないと思うに決っている。

と考えて来ると、ケイレイのその時の態度が不合理に思われるのだった。もっとも窓を破ることに考えつかずに、扉を叩き続けていたのは、血迷っていた故《せい》だと理由はつけられる。だが、アントニーが窓のことを言った時に、最長距離を選んで馳け出したのは解《げ》し兼ねる。

何故だろう? 殺人犯に逃亡の余裕を与えるためなのだろうか? だが、そうした推量は、ケイレイがマークを殺人犯人だと直覚した時だけに許される推量だ。だが、ケイレイはロバートを殺人犯人だと考えていた。とすると、部屋へ飛び込む時間を長引かせた理由がすべて分らなくなる。マークが犠牲者だと直覚すれば、逆に、最短距離を選ばなければならないはずだ。そして、ロバートを捕える道を講じなくてはならないはずだ。だのに最長距離を彼は選んだ。なぜだろう? しかも彼は馳けたのだ。

アントニーはパイプに煙草を詰めながら、

「これは問題だ」と呟いた。「その矛盾をまず解かなくてはならない。そうだ、ケイレイを臆病者だとすれば筋道が立つ。ロバートのピストルを怖れて、なるべく遅く飛び込もうとした。だが僕の手前、急いで馳けつける様子をした。だが、あのケイレイは果して臆病者だろうか? 窓に額を押しつけた時の、あの勇敢な態度からみると、臆病者だとは思えない。いや、こんな解釈では満足出来ない」

アントニーはパイプを手にして、何事かを考えながら坐っていた。

が、彼は急に顔に笑みを浮べながらパイプに火をつけた。それから、「商売代えをしたいと思っていたが」と心で言った。「どうやら面白い商売が見つかったらしい様子だ。そうだ、俺は今日から私立探偵に鞍代えをしよう」

第六章　扉の内と外と

客は銘々ケイレイに別れを告げて引き上げて行った。その時メイギャーはぶっきら棒な調子で、「用があったら言って下さい。いつでもやって来ますから――では失礼します」と挨拶した。ベッティーはひどく物悲しそうな顔をした。それで母親のカレイディンが、「もうこの子は胸が一杯になって、何とも口がきけないんですよ」と、娘に代って挨拶しなければならなかった。かと思うと、ノリス嬢は、ひどく大袈裟な身振《みぶり》をして、どんなに自分は今度の事件を悲しく思うかを述べ出した。ケイレイが、「本当に感謝します」と言わなかったら、それはいつまで続くものか分らなかった。

ビルは皆を車のところまで送ってやった。そして皆と握手を交した。（中でもベッティー嬢の手には一番力をこめて握手した）それから庭のベンチに腰をかけていたアントニーの処へ行った。そして、「問題はどうなってるんだい？」と声を掛けた。「さっき僕は刑事に呼び出しを喰《く》ったので、ついでに色々と訊いたんだが、奴さん、満足な返事一つしてくれないんだ。そしてただ僕と君とはどこで近づきになったのかなどと、面白くもない質問ばかりやりやがったんだ。だから君から、今度の事件の概略《あらまし》を教えて欲しいと思うんだが、君なら教えてくれるだろうな？」

勿論アントニーは承知した。そして彼の知っている範囲を、出来るだけ搔い摘んで話して聞かせた。

「ふふん、大分縺《もつ》れているんだな。だが、この問題に僕は関係があるのかい？」

「というのは？」

「というのは、まるで僕だけがこの事件に関係しているといった様子で取調べたりしたからさ」

アントニーは微笑を洩らした。

「そんなことを心配してるのか。馬鹿だな。バーチ刑事は君達の今日の行動を知ろうとして、君を取調べたまでなんだよ」

「そうかい、ところで君はここに暫く泊るのかい」

「僕なんか、君のように、逢いたい女《ひと》はないんだからな」

ビルは不似合にも顔を赤らめた。

「なかなかいい女じゃないか」

「そうかい」

「ところで、僕は暫くここに泊ることに決めたんだ。それでだ、君も暫くはあの愛人のことは忘れてしまって、――とは殺生な言い方だが――直ぐに後を追うようなことはしないで、僕と一緒にいてくれるようにして欲しいんだ」

「それは本当かい？」

「本当なんだ。今にこの事件はいよいよ縺れだしてくる」

「審問などが行われてかい？」

「いや、審問が行われる前に起るだろうと思うんだ。やあ、ケイレイさんがやって来た」

ケイレイは芝生を横切って二人の方へやって来た。彼は大きな、肩の広い、醜い顔の男だった。

ケイレイは二人の側にやってくると、頷いてから立ち停った。するとビルが立ち上って、彼に席を譲ろうとした。するとケイレイはそれを止《とど》めた。

「いや、それには、及びませんよ」とビルに言った。「私は、ただ料理人がすっかり血迷ってしまったために、食事が少し遅れることを、二人にお知らせに来ただけなんです。ところでギリンガムさん、あなたはお荷物をどうなさいます?」

「ビルと一緒に宿へ取りに行こうと思っています」

「それより、車が駅から戻りましたら、それに取りにおやりになってはいかがです」

「いや有難う。荷物を詰めたり、勘定を払ったりしなくてはなりませんから、やはり私自身で行くことにします。それに天気はいいんですし、夕方の散歩がてらに行ってきますよ。ビル、君も来てくれるだろうな?」

「行くよ」

「では荷物は纏めておいてもらって、車で運ばせることにしましょう」

「では、そう願いましょう」

話が済むとケイレイは、そのまま帰ったものか居たものか、躊《ため》らうような様子を見せた。それは昼の事件を言い出そうとしているのか、逆に避けようとしているのか、何とも分らない態度だった。アントニーはそれで沈黙を破るために、刑事は既に引き上げたかなどと当り障りのない質問をした。

するとケイレイは頷いた。それから突然、「刑事はマークの逮捕令を出したのです」と二人に言った。

それを聞くと、ビルは驚いたらしく、小さな叫びを上げた。だがアントニーは冷静に、「罪のあるなしは別として、それは止むを得ないことでしょう」とそれに答えた。

「あなたはどうお考えになります？　罪があるか無いか？」ケイレイはじッとアントニーの顔を瞶《みつ》めながらそう訊ねた。

するとビルが急き込んで、

「マークさんにって言うんですか？　そんな不合理なことが――」と口を出した。

「本当にそう思いますか？」

「本当ですとも」

「私はマークとは従兄弟ですし、どうも自分の考えることに偏見がありそうに思えるんです。それでお訊ねしたんですが――一応私のこの事件に対する意見を聞いてくれませんか？」

「御意見と仰有ると？」

「つまり、もしもマークがロバートを殺したとしますと、それは単なる過失によるものだと私は思っているのです。先ほども刑事に言ったところですが」

するとビルが、

「つまりロバートがホールド・アップに似た行為に出たものだから、争いが起り、ピストルが落ち、マークが過失をし出かして、逃走したと言われるんですね？」

「その通りです」

「私もその意見には賛成しますね」それからアントニーを振り向いて、「君はどう思う？　賛成するだろう？」

アントニーは口からパイプを離して、それから、ゆっくりとそれに答えた。

「僕もそうだろうとは思うよ。しかし、一つの疑問があるんだ」

「疑問って?」ビルとケイレイが殆ど同時にそう訊ねた。

「それは鍵のことなんだ」

「鍵?」ビルが言った。

ケイレイは暫くアントニーを見ていたが、

「鍵が何かこの事件に関係があると仰有るんですか?」

「いや、まだあるとは言えないのです。ないかも分りません。私もあなたの仰有るように、ロバートが殺され、マークは誰にも見られないで逃げ出した、そうした考え方に傾いているのです。そのために扉《ドア》に鍵を下して、その鍵はポケットに入れたということもね。きっとマークさんは、暫くの猶予を得るために、前後の考えもなしに、そうされたんだろうということもね」

「その通りでしょう」

「だがそれは、鍵が手許にあったとして、初めて、許される考えなんです。だが、鍵が手許になかったとするとどうなります?」

「と仰有ると?」ケイレイが言った。

「それは人間というものが、鍵をどこにおくものか、そういう問題になるのです。まずあなたが寝室へ入られた場合のことから考えましょう。その寝室で、下着と靴下だけになっていられる時には、あなたはいつでも扉に鍵が掛けられるように、鍵は手許にお置きになるでしょう? だが階下《した》の部屋でも、寝室の場合と同じように、あなたはいつでも鍵を手許にお置きになりますか? それから次ぎに、召使の鍵に関する習性といったものを考えてみましょう。女というものは泥棒に対して非常に用心深いものなのです。ですから、泥棒が窓から入った場合には、外の扉は閉めてしまって『その入った部屋だけの盗みを許す』そうした用心をいつも持ってるものなのです。ですから召使などといったものは、いつも鍵は扉の外に差し込んでいるのです。そして夜に自分の部屋へ退《さが》る時に、それを下《おろ》して行くのです」

「では」とビルは昂奮して言った。「君はマークが書斎に入った時には、鍵は扉の外に差してあったというのだね？」

「そうなんだ。そうじゃなかったかと考えるんだ」

「だがあなたは、他の部屋を調べて御覧になりましたか？」ケイレイが言った。

「いや、まだ調べてみてはいないのです。何しろこうした考えは、今ここに、腰を下している間に、突然思いついたものだからなんです。ところで今度は、あなたにお訊ねするんですが、この家の召使にはそうした習性がありませんか？　私の母などは、いつもそうしておりましたが」

「さあ」ケイレイは暫く考えてからそれに答えた。「私にはどうとも思い出せません。だが、何だか不合理なお考えのように思えますね」

するとアントニーは笑って言った。

「では、家へ戻りましたら調べてみましょう。その時他の鍵が部屋の外に差されているようですと、書斎の鍵も外に差されていたものと考えなくてはならなくなって参りますね？　としますと、この問題は少し面倒になるのです」

ケイレイは何も言わなかったが、ビルがやがて、「そうだとすると、どう問題は面倒になってくるんだね？」とアントニーに訊ねた。

するとアントニーがこう答えた。

「どう面倒になるって、そうなると、いよいよ書斎でどんなことが起ったか、諒解しにくくなるからさ。マークさんが過失から人殺しをやったとしても、無意識に、逃げる時間を長びかせるために、扉《ドア》に鍵を下したという考えは成立しなくなってくるんだ。なぜって、扉に鍵を下すためには、扉を開けなければならなくなる。扉を開けることは、広間にいるだれかに顔を見せることになる。例えばだね、広間にはケイレイさんが居られたんだから、このケイレイさんに顔を見られなくてはならなくなる。マークさんが過失から兄さんを殺したと考えても、そんな向う見ずなことは出来ようはずがないじゃないか？」

するとケイレイが、

「従兄弟は私のことなど怖れはしなかったでしょう」と言った。

「ではどうして従兄弟さんはあなたをお呼びにならなかったんです？　従兄弟さんはあなたが近くにいられることは御存じのはずだったんです。あなたを怖れていられなければ、何故《なにゆえ》あなたに何とか相談されなかったんです。マークさんが逃げられたことから考えますと、マークさんはあなたを初め、全ての人を怖れていられたと考えなくてはならなくなるのです。あなたにも召使にも見られるのを怖れて、逃げられたとしなくてはならないのです。その場合、鍵が扉の中側《うちがわ》にあれば、きっと鍵を下して行かれたろうと思いますが、外にあった場合は、そのままにして逃げられたろうと思うのです」

「君の言う事は正しいように僕は思う」とビルが考えながら言った。「だがそれは、鍵がマークさんのポケットの中になかった場合はということになる」

「というのは、マークさんのポケットに鍵があったに違いないと君は考えるという意味なんだね？

だが、そうした考え方をするとなると、根底から考え方を変えなくてはならなくなるよ」

「もっと面倒になるというのかい？」

「うん、そうだ、それと同時に、マークさんが非常な馬鹿だったということになるんだ。いいかい、もしもマークさんが何等かの理由があって、兄さんを除いてしまおうと考えていられたとするとだね、果して事件はこんなに運んでいいことになるだろうか？　それじゃ自殺も同じことになるじゃないか――そんなことはあり得ない。もしも最初から兄さんをやっつけてしまう気なら、も少し賢い方法を選びそうなはずじゃないか。まず兄さんと親しくして、人の疑いを避けるようにし、さて兄さんを殺してしまった場合にも、偶然死かまたは自殺死と見えるように、または彼以外の何者かが殺したように見えるように筋書きをちゃンと工夫しておきそうなものじゃないか？　君だったらどうするね？」

「なるほどね」

「とすると、やはりマークさんが過失から兄さんを殺されて、逃げられたものと考えなくてはなるまいね」

第七章　マーク・アブレット

　それから暫くして、アントニーとビルは「ザ・ジョージ」に向けて街道を歩いていた。「赤屋敷」からよほど離れるまでは、二人とも何も口をきかなかった。が、やがて道が森の中に入り込むと、突然にアントニーが、

「マークについて君の知ってるだけのことを言ってくれないか？」と言い出した。

「知ってることって、どんな種類のことなんだ？」ビルは解《げ》せないらしい顔で問い返した。

「マークに対する君の尊敬の念や親しみなどは除けてしまった、赤裸々なマークの人となりを訊きたいんだ。つまり性質を訊きたいんだ」

　するとビルは旧友の顔をまじまじと瞶めてから、

「君は探偵になったのかい？」と突然訊ねた。

「そうだよ、新規に探偵商売を僕は始めることにしたんだ」アントニーは笑いながら答えた。

「驚いた！」

「驚いたか？　だが驚くことは後廻しにして、とにかく僕の質問にまず答えてはくれないか？」

　するとビルは黙り込んだ。今までマークのことを取り立てて考えてみたことがないだけに、さてそう改まって問われてみると、どう答えていいものか、迷うといった様子だった。それでアントニーが、

重ねて言った。

「君がどんなことを言おうと、新聞記者には話さないから安心するがいい。ところで、まず僕の方から訊ねるがね。土曜日にここへ来るのと、ベッティーさんの家《うち》へ行くのと、どちらを君は選ぶかね？」

「馬鹿！」ビルは少し赤くなりながら、肘でアントニーの脇腹を突いた。「勿論僕は――」

「では、その両方にベッティーさんがいるとすると？」

「そんな気味の悪い問い方をしなくてもいいじゃないか。だがとにかくにも、非常にここは居心地のいい家《うち》だよ」

「というと？」

「非常に世話が行き届いているからなんだ。銘々の部屋には、食物も、酒も、煙草もちゃんと用意されている。そうだな、まずこれをつまり世話好きということを、マークの特徴の一つに挙げるべきだろう。そして同時にマークの欠点の一つに挙げていいだろう」

「世話好きということをだね？」

「そうなんだ。勿論あの家は愉快な家だよ。ありとあらゆる勝負事や運動の設備が整っているし、怠屈などは覚えないしね。ところがなんだ、その中にも、何といったらいいだろうか、こう楽しみを強いられている、そうだ強いられているという気持が微《かす》かながらに感じられるんだ」

「という意味は？」

「マークが心の底から我々お客を歓待するのでなくて、歓待を一つの義務――悪く言えば衒《てら》いにしているところから、それは来る感情だと思う。例えば先日などもね、こんなことがあったんだ。僕とべッティーさんとがテニスの仕合をやろうとしてね、ラケットを持って庭に出ようとした。そこへマークがやって来た。そして何をするんだって僕達に訊ねたんだ。それでテニスの仕合をしに行くのだって答えると、ではお茶の後で皆してトーナメントをやろうじゃないかと言い出したんだ。そして早速自分勝手に、赤と黒とのインキを使って、細《こまか》い規則を作り上げたり、賞品を定《き》めたりしたんだ。それからわざわざ芝生を短かく刈らしたり、白線を新たに引かせたりまでした」

「それで君達はすっかり興味を失ってしまったって言うんだね？」

「そう。それで僕達はトーナメントにも出なかった。だが、僕達はお客なんだという、自分達の立場を考えればやらなくてはならなかったんだ」

「そのために、君はここでは歓迎されない客になってしまったというんだな？」

「きっとそうなっただろう。だがまだ暫くは大丈夫だろう」

「そんなに御不興なのかい？」

「そうなんだ。マークの御機嫌に逆らうと、とても旋毛《つむじ》曲りになってしまうんだ。君はノリス嬢を知ってるかい？　ノリス嬢もマークの御不興を買ってしまったんだ。ひょっとすると、もうここには来なくなってしまうかも分らないよ」

「どうしてなんだ？」

「君はこの家にアン・パッテン夫人という幽霊が出るって話はまだ聞かないか？」

「聞かないな」

「マークはいつかの夜だったか、夕食時にそんな話をし出したんだ。その時の様子では、マークは自分の家に幽霊が出るということを、却って面白がっている様子だった。だが、勝手な話と思うんだが、お客には面白がって欲しくない様子だった。自分は幽霊など信じないから面白がっているが他の者は幽霊を信じて怖しがって欲しいといった様子だった。ところが昨日の夜のこと、ノリス嬢が——女優をしている女なんだ——が、お得意の芝居気からついその幽霊に化けたんだ。ときに、君はクリケットをする芝生を知ってるか？」

「知らないね」

「そこが幽霊の出る場所になってるんだが、そこへ姿を現したんだ」

「それでマークが怒ったって言うんだな？」

「そうなんだ。とても驚いたが、芝居と知ると、今度はとても御不興になった」

「今朝は？」

「今朝はしかし治っていた。マークには子供のようなところがあるんだ、気紛れなところがね。服装にしたって、昨日と今日は、馬鹿に瀟洒《しょうしゃ》に洒落《しゃれ》込んでいるが、そんなことはついぞ見かけなかったところなんだよ」

「昨日と今日って君は言うんだね？」

「そうなんだ」

「だが平常のマークは御機嫌がいいんだね？」

「気にさえ障《さ》えることをしなければ、それはいい友達なんだ」

「だが時々子供のような発作が起る。その発作で人一人は殺せないだろうか？　殺し得る？」

「だが、僕には信じられない」

「では、ケイレイの言うように、マークが過失で兄を殺したとした場合、マークという男は血迷って、逃げ出したりしそうな男だと君は思うか？」

ビルは暫く考えて、

「そんな男かも分らない。勿論問題は違うけれど、幽霊を見た時だって、逃げ出しそうにしたんだから」

この時森が切れたので、二人は話をやめてしまった。再び森に入ってから、二人の話はまた続いた。二人が熱心に話し込んでいるところを、人に知られないためだった。

「ところで今度は、君の知っているケイレイの話をしてもらいたいが」と、アントニーが口を切った。「君のお蔭でマークの性質はよく分ったが、今度はケイレイの性質を君に教えてもらいたいんだ」

するとビルは、自分は心理学者ではないと言いながら、

「ケイレイはマーク以上に、僕なんぞには分り兼ねる人間なんだ」とそれに答えた。「というのは、ケイレイは口数をきかない人間で、それに色々なことを考えているらしい人間だからね。マークはまだ自分の心の中を表面に現すが、あの醜い黒髯の大将は、容易に泥を吐かないよ」

「だがね、あの醜さは、ある種の女には好かれ得る醜さだと僕は思うね」

「そうだよ、これは君だけに話すんだが、実はあの男を好いている女が確かに一人あるのだ。ちょっと可愛い女なんだが、ジェランドに」とそこでビルは左手を上げて遠くを差しながら、

「この向うに当るんだがね、いる娘なんだ」

「ジェランドって土地の名前か？」

「いや、以前ジェランドという百姓が持っていた農場の名なんだ。だが今は、ノーバリイという後家さんの持物《もちもの》になっている。マークとケイレイはよく一緒にそこへ出かけることがあった。その娘も一

度か二度、テニスをしに『赤屋敷』へやって来たことがあるが、不思議に、我々皆には見向きもしないで、あのケイレイに眼を止めたっていうことになるんだ。だがケイレイは忙しくて、そんなことにあまりかまってはいられないんだ」

「そんなことにって」

「美しい女と一緒に歩いて芝居の話をするといったようなことにはね。ケイレイにはいつも何かしていなくてはならない位仕事があるのだからね」

「そんなにケイレイには仕事があるのか?」

「そうなんだ。ケイレイがいつも仕事をしていないことには、マークの御機嫌がよくないんだ。マークはケイレイに頼っているんだ。そして、不思議なことに、ケイレイもマークを頼りにしているよ」

「ケイレイはマークを好いているのか?」

「そう思われる。それも、こう守っているといった態度だね」

「ところで、ケイレイは君達に対してはどんな物の言い方をしているね?」

「鄭重な物の言い方をしている。だが滅多に口はきかないんだ。第一、食事時以外には殆んど顔を見せない位なんだから。いつも自分の中に閉じ籠っているような人間なんだ。やあ、話している間《ま》に来てしまったね」

二人は一緒に「ザ・ジョージ」に入った。

ビルが亭主と話している間《ま》に、アントニーは部屋へ入って荷物を纏めて勘定を払った。

だがその時に、数日分の間代を彼は払ったのである。一つには急にせっかくのお客が発《た》ってしまう亭主の失望を考えたのと、今一つには、事件の発展の模様によっては、いつまでも「赤屋敷」に世話になっていることも出来なくなるかも分らなかったからだった。

その場合には、再び「ザ・ジョージ」に引き上げて、そこで活躍しようと思ったがためだった。

第八章　アントニーの記憶力

アントニーの寝室は裏庭に向いていた。彼は食事に出るために着物の着更えをしていたが、その眼は絶えず、窓の外に注がれていた。シャツを一枚脱いでは窓の外を眺め、ズボン下を一枚脱いではまた窓の外を眺めていた。そして心の中《うち》では今日一日の出来事を考えていて、ある時は微笑を浮べ、またある時は、眉をひどく顰《ひそ》めていた。

すると、そこへビルが飛び込んで来て、

「腹が減った、腹が減った」と急き立てた。

それでアントニーは急いで支度にとりかかった。

ビルは寝台《ベッド》に腰を下して、用意の出来るのを待っていたが、

「ところで」と突然に言い出した。「君の鍵に対する意見は、どうやら当っていなかったらしいぞ」

「というと？」

「僕は今階下《した》へ行って調べたんだが、書庫の鍵だけは外にあったが、その他の鍵はみんな中にあったんだぜ」

「それは僕も知ってるよ」

「では君は、もうちゃんと調べていたのか？」

「そうだよ」アントニーは済まなそうな顔をした。

「なアんだ！　君は調べるのを忘れているのかと思っていたんだ。がとにかく、君の説は、これで根底から覆されてしまったことになるようだね？」

「いつ僕が説を立てた？　僕は、ただもしもよその部屋の鍵が外に差されていたら、書斎の鍵も外にあったに違いないと言っただけなんだぜ。そしてそうだとすると、ケイレイの説が覆されることになるって、それだけしか言わなかった心算《つもり》だがな」

「それはそうだ。だが、とにかく、これで君の名論も水泡に帰した訳だね」

「そうかしら」アントニーは皮肉な句調でそれだけ言うと、パイプに煙草を詰めなおした。それから、

「さあ行こう、用意は出来た」

とビルに言った。

ケイレイは広間で二人の降りて来るのを待っていた。そして二人に逢うと、行き届かないところはないかと、至って鄭重な挨拶をした。それから三人は腰を下して、建物の——殊に「赤屋敷」の話をした。

だが若いビルには、そんな話は今の場合していられるものでなかった。

「ケイレイさん、鍵に対する意見はアントニー君の負けになりましたよ」

「鍵って？」

「さっきアントニー君は、鍵が外にあったか内にあったか、それを問題にしたでしょう？」

「ああ、その鍵のことですか」ケイレイは初めて分ったという風に、左右の扉《ドア》を見廻した。「なるほど、どうもギリンガムさんの負けらしいですね。問題にはなりませんね」

するとアントニーは肩を揺って、

「いいえ、まだよく調べてみる必要はありますよ」

とそれに答えた。

「それは御勝手です。私だってエルシーの証言が信じられない位ですからね」

「エルシーの証言って?」ビルが吃驚したように言った。アントニーは話が分らないので、じっとビルの顔を見ていた。

するとケイレイが、

「召使の名前なんです」と説明した。

「そのエルシーがどんな証言をしたんです?」

そこでケイレイは、エルシーが刑事に言った証言を述べた。それを聞き終ると、

「勿論それはあなたが書庫へ入っていられた間に起ったのですね」と、アントニーは自分で自分に言うように言った。

「そうでしょう。私もエルシーの証言は信じない訳にはゆかないんですが、しかし」ケイレイはそこで言葉を切ってから、「だがどうしても私にはその証言が信じられないんです」

と、力を入れて先を続けた。「私にはどうしても過失としか思えないんです。どうしてマークに人殺しなど出来ましょう?」だがその時食事が知らされたので、皆はそのままで立ち上った。

食事中には――ビルは失望を感じたが――書物の話や政治の話しか出なかった。

食事が済んで煙草に火をつけると、仕事が忙しいからといって、ケイレイは直ぐに立ち上った。それで後には、ビルとアントニーと二人切りになってしまった。

「こんな調子では、君がいてくれないことには僕はすっかり忥屈してしまうだろうな」

アントニーがいかにも感謝するといった様子でビルに言った。「これから、外へ出て、どこかで話をしようじゃないか。君にだけ話したいことがあるんだから、家《うち》から離れたところがいい」

「ではクリケットをやる芝生はどうだろう?」

「幽霊のお出ましになるところを見せてくれようと言うんだね? そこなら誰にも話を立ち聴きされる事はないだろうな?」

「その点から言えば、理想的だよ」

「よし行こう」

クリケット場は建物からずっと離れた林の中にあった。赤屋敷の前を左に廻って行くと、まもなく門番の小屋へ出る。その小屋を過ぎて少し行ってから左に折れ込むと、幅十呎《フィート》深さ六呎の水のない堀に囲まれた低地に出る。それがクリケット場だったのである。堀の切れている一方から、段を二、三段降りて行くようになっていた。そして両側には、観客用《けんぶつ》の、長い木製の腰掛けが置かれていた。

二人はその腰掛けに腰を下した。

「これはいい。誂え向きの場所だ。まず一服しようじゃないか」

アントニーはそう言うと、暫く考えながらパイプを吹かした。それからビルの方を向いて、

「君は完全なワトソンになれるかい?」と突然言った。

「ワトソン?」

「『ワトソンついて来るかい』っていう奴さ。シャロック・ホームスの相談役さ」

「なアんだ。そんな役なら出来るさ。君のシャツの前に苺の汚染《しみ》がついている。さては君はデザトに

苺を喰ったな？　これ位のところではどうだね？」

アントニーは笑いながら煙草を吹かした。それから言った。

「君はホームスがワトソンを相手に、ベイカー街のワトソンの下宿の階段が幾段あるかって論じているのを知ってるかい？　哀れなワトソンは、幾千回となくその階段を上《のぼ》り降りしていながら、それを知っていなかったんだ。ところが幾回しか上り降りしていないホームスはそれをちゃんと十七あるって知っていたんだ。そしてそれを平常何事でも観察していると観察していないとの相違によるものだと論断したんだ。そのことがあってからというものは、ワトソンはいよいよホームスを崇拝し出した。だが僕に言わせると、そんなことを自慢したホームスは、馬鹿だとしか思われないね。そして逆に、ワトソンの方がえらい人間だと考えるんだ。だって、そんな不必要なことに頭を使う必要などがどこにあるか？　万一階段の数を知らなくてはならない場合が起ったならその時に宿の誰かに電話を掛けて、それを調べてもらえば、それで充分に事足りるじゃないか？　僕だって、クラブの階段は何千回と上り降りやっている。だが、直ぐに階段の数が幾つあるか返事をしろと言われたら、とても言うことは出来ないよ。君には出来るか？」

「僕にも出来ないな」

「だが、君が本当に知りたいと思うのなら、玄関番に電話を掛けたりしないでも、僕には思い出すことは出来るんだ」

ビルは何故《なにゆえ》こんな処までやって来て、クラブの階段の数のことなど言い出すんだろうと、訳の分らない気持がした。それで黙っていると、

「教えてやろうか」とアントニーが言った。

それから暫く、アントニーは眼を閉じていたが、

「セイント・ヂェイムス街を歩いて行ってクラブに入ると」と言い出した。「まずそこが喫煙室で、窓は一つ二つ三つ四つある。窓を四つ過ぎると階段に出る。さあ階段を登ってみよう。階段の数は、一つ二つ三つ四つ五つ六つ。そこに広い段があって、七つ八つ九つ、また広い段があって、十、十一、それから二階の広間になる。やあローヂャー、いい天気だね」そう言って驚いたようにアントニーは眼を開けて現実に戻った。そして「十一あるよ」とビルに言った。「間違っていると思ったら、今度数えてみるといい」

ビルはひどく驚いたような顔をした。

「どうしてそれが分るんだ?」

「それは僕が非常に優れた記憶力を持ってるからなんだ。眼で見たもの、頭に感じたもの、そんなものは、殊更《ことさ》ら記憶しようともしないでも、知らず識らずの間に頭の中に入ってるんだね」

「素人探偵にはもって来いの才能、いや賜だね。そんな賜があるのなら、もっと早く君は探偵になるとよかった」

「おだてるなよ。しかし僕も、それは探偵にとっては有用な賜だとは思うよ。僕はその賜で、ケイレイを驚かせてやろうと思っているんだ」

「どういう風に?」

「つまり――」アントニーは言いかけて語尾を切って、意地悪そうな微笑を浮べて暫くビルを眺めていてから、「書斎の鍵をどこにやったか、訊いてやろうと思っているんだ」

だがビルには、その意味が暫くは分らなかった。

「書斎の鍵を?」ビルは鸚鵡《おうむ》返しにそう言った。それから、「君は——君は——ケイレイが——だがそうするとマークはどうなるんだ?」

「僕はマークのことなど問題にしてるんじゃないんだ。僕の問題にしているのは、ケイレイが書斎の鍵を取ったという問題だけなんだ」

「それは本当なのか?」

「本当だ」

ビルは魂消《たまげ》たような顔をした。

「君はそれを、どうして知ってるんだ?」

「君はなかなかワトソンの役をうまくやるな。それで完全だよ。僕は出来ればこの問題は、最後まで説明しないでいたかったんだが、君がそう訊ねてくれれば、言わない訳にもゆかないな。では言おう。正確に言えば、僕はケイレイが書斎の鍵を外しているところは見てないんだ。だが持っていることだけは知っているんだ。僕が今日の昼来た時にはケイレイは、書斎を閉めて鍵をポケットに入れたところだったんだからね」

「君はケイレイが書斎を閉めたところは見なかったと今言ったじゃないか。そう思うというだけじゃないのかい?」

「いや、僕はそんなことがらだけで言うんじゃない。僕はその時あるものを見たことを思い出したからなんだ。撞球場《ビリヤード》の鍵を見たことを思い出したからそう言えるんだ」

「どこにだ?」

「撞球場の扉《ドア》の外側になんだ」

「外側に？　だが、さっき見た時には内側にあったじゃないか？」

「確かに内側にあった」

「では誰がそれを内側に変えたって君は言うんだ？」

「勿論ケイレイさ」

「だが――」

「とにかく昼の説明からやろう。僕がなぜ撞球場の鍵が外側にあったということを知ってるかと言えば、ケイレイが書斎の扉を叩いているのを見た時に、隣室の――それが撞球場だったんだが――鍵を見て、あれでは合わないかなと、ふと考えたからなんだ。それを思い出したのは、庭のベンチで、君達がやって来る前だったんだ。だから、書斎の鍵も扉の外にあったのではあるまいかと、ふとそう考えて、あんな意見を出したのさ。あの時ケイレイが変な顔をしたのを君は知るまい？」

「気付かなかったね」

「勿論、変な顔をしたからって、それだけで何かの証拠にすることは出来ないさ。また撞球場の鍵が外にあったから、書斎の鍵も外にあったに違いないとは断定することも出来ないさ。だが僕は、ケイレイを試す心算《つもり》で、あの時は、この問題がこの事件を根底から覆すほどの重大性を持つものであるように、誇張して言ったんだ。それから後で、僕達は家《うち》を出て、ケイレイが家に一人切りでおれる機会を与えるようにした。ところが奴さん、僕の計画だとは知らないで、鍵の位置を変えたじゃないか」

「だが、書庫の鍵だけは外にあるじゃないか？　なぜ書庫の鍵だけは内側に変えなかったんだね？」

「それは奴さんが賢明なる悪魔だからなんだ。いいかい、まず第一に、書庫の鍵が外側にあったってことは、刑事が見てとってしまっているかも分らない。それから第二には――」アントニーは言い渋った。

「第二には？」それをビルが促した。

「一つ位は鍵を扉の外に差しておいて、時には鍵は外に差され、時には内側に差されたりする、そうした曖昧さを作り出すためだったんだと僕は思う」

「なるほどね」ビルはゆっくりと言った。

だがビルの心は、その時よそへ行っていた。彼はケイレイの人となりを考えていたのである。彼にはケイレイは紳士としか思えなかった。だのにアントニーはケイレイを、曲者かであるように考えようとしている。秘密のある者、恐らくは殺人者として考えようしているのかも分らない。いや、そんなことが有り得るものか。

とその時アントニーが突然に、

「ワトソン、今度は君が何とか言うべきだよ」

と、ビルに言った。

「君はもしや……？」

「もしや？　何だね？　僕はただ、僕の言ったところを帰納して、ワトソンのように、筋道を立てて言ってみろと言ってるだけなんだ」

「僕には分らない。言ってくれ給え」

「やくざなワトソンだな。よし言ってやろう。結論は簡単だ。ロバート・アブレットは今日の午後『赤屋敷』の書斎で殺された。そして、どうして殺されたかということは、ケイレイがすっかり知ってるはずだということになる。といって、ケイレイがロバートを殺したのだと言うのじゃないがね」

「勿論そうだと僕も思う」ビルは胸を撫で下したように溜息を洩らした。「ただケイレイはマークを庇っているだけなんだ。そうだろ?」

「そうとまでは言い切れない」

「そうに決っているじゃないか。そうより他に取れないじゃないか?」

「君はケイレイの友達だからそう言うんだ。だが僕は友達でも何でもない」

「なぜそう取れないんだ?」

「まだまだ、調べてみなくてはならないことがあるからね。いずれ近いうちに、こうとしか取れない、動かすことの出来ない結論を僕が摑んでお眼にかけるよ。一つ君に今までのところを筋道を立てて言ってもらおう」

「では言うが、マークは兄に逢いに書斎に入って行った。そして何かの理由で喧嘩を始めた。そして過《あやま》って兄を殺した。そのピストルの音をケイレイは聞いたので、マークを逃してやるために、扉に鍵を下し、マークが鍵を下したような風にした。そうだろう?」

「駄目だ、ワトソン、それでは駄目だ」

「なぜだい?」

「それではなぜケイレイが、兄のロバートを殺したのはマークだと考えたかが分らなくなるじゃないか?」

「なるほど!」ビルは思い迷ったような顔をした。それから暫く考えて、「では、ケイレイはピストルの音を聞くと書斎に入った。そしてロバートの倒れているのを目撃したと言い直そう」

「それから? それからケイレイはマークにどう言った? まさかいい天気だなあなんてことは言わ

なかったろうな?」

「当然どうしたんだって訊いたろう?」

「するとマークは何と言った?」

「きっと、争っている間《ま》にピストルの引金を引いてしまったのだと説明したろうと思われる」

「だからケイレイはマークを庇ってやったというんだな? だがケイレイはどんな庇い方をしたんだ? 逃げろと言ったのかい? それでは、まるでマークに自分の罪を告白せよというのも同じことではないか? 庇ってやったとは言えないではないか? 過失で人を殺したとすれば、他にとるべき方法がないだろうか?」

「では、マークは兄を殺した罪を白状したと君は言うのか?」

「その方が当っていそうだ。いつまでも過失に執着する必要なんかないじゃないか。すると君の意見はこうなってこなくてはならなくなる。マークはある理由のためにロバートを殺したことをケイレイに打ち開けた。それでケイレイは、偽証罪を犯してまで、マークを遁《の》がしてやることに決心した。そうだろう?」

ビルは頷いた。

「では僕は、そこで改めて二つの疑問を出すが、それを君はどう説明する? まず第一は食事前にも、既に言ったことなんだが、何故《なにゆえ》そんな馬鹿な、自分で自分の頸《くび》に綱を掛けるような殺人行為を、マークはしなくてはならなかったんだ? それから第二には、ケイレイに偽証罪までも犯す決心があったのなら、なぜケイレイは、自分もずっと書斎にいて、マークとロバートが争って、過失からマークはロバートを撃ったのだと、もっと手ッ取り早い芝居を打とうとはしなかったんだね?」

ビルは暫くアントニーの言葉を考えていたが、なるほどといった具合に頷いてから、

「とすると、僕の想像はまた駄目になった訳になる。では、今度は、じらさずに、君の想像を話してはくれないか?」

だがアントニーはそれに答えようともしなかった。何か急に他のことを考え出したらしく、じっと考え込んでしまったのである。

第九章　生きている幽霊

「どうしたって言うんだ？」

するとアントニーは眉を上げた。そして笑った。

「僕は君に聞いた幽霊のことを思い出していたんだ。どうも――」

「なアんだ！」それを聞くとビルはひどく失望したらしい。「一体この事件と幽霊と、どんな関係があるって君は言うのだい？」

「それゃ僕にも分っている。ただ、今思い出したというだけなんだ。だがそれには君の責任もあるんだぜ。第一ここへ君が連れて来たから、僕が幽霊のことを思い出したという結果になるんだからな。ところで、僕は何故《なにゆえ》こんなところへ幽霊が現れたか、それを不思議に今思っていたところなんだ」

「こんな処へって？」

「家《うち》から四、五百碼《ヤード》も離れたところにさ」

「だが幽霊はどこに現れなくてはならないという法規《きまり》はないだろうが？」

「いや、僕の考えているのはアン夫人とかいった幽霊のことじゃないんだ。幽霊に化けたノリス嬢のことなんだ。つまり、ノリス嬢が四、五百碼も離れたこのクリケット場に、突然姿を見せたというのが変だというんだ」

「というと？」

「ここへ来るまでは歩いて来なくてはならないだろ？　幽霊の仮装をして、四、五百碼の距離《みちのり》を歩いて来たというのは、それを誰も気付かなかったというのが変じゃないか？」

ビルは急にアントニーの話に興味を持ち出した。

「なるほどね、僕はその時ベッティーさんと堀の周囲《まわり》を散歩していたんだが、幽霊の姿などはまるで眼につかなかった」

「とすると、あの小屋にでも予め隠れていたと考えなくてはならなくなるな？　あの小屋は一体何なんだ？」その小屋というのは、クリケット場の入口から見て、左側の堀の中に建てられていた。

「あれか、あれはクリケットの道具の置場だよ」

するとアントニーはまた考え込んだ。

「まさか君は、今度の事件とこの幽霊との間に何か関係があると言うんじゃあるまいな？」

「なぜ？」

「なぜって？」ビルは不可解な顔をした。

「ところが僕は、大いにありそうに思うんだ」ビルはそうした言葉を聞くと、意外で言葉も出ないといった様子をした。だがアントニーはそんなことにはおかまいなしに先を続けた。「ある家《うち》で意外な事件が起った。その数日前にも不合理な事件が起っている。とすると、この二つの事件の間には何等かの関係があると考えてはいけないだろうか」

「だが――」

「とにかく、ノリス嬢がどんなコースを選んでここまで来たか、その道を調べてみるだけの価値はある。僕はどうもあの小屋が怪しいと思う」

「というと、まさか君は、あの小屋から地下道でもついているというんじゃあるまいな?」

「いや、地下道があるに違いないと僕は思うんだ」

「そんな馬鹿なことが!」

「とにかく調べてから文句は言うことにしたらどうだ?」

それで二人は堀へ降りて、小屋へ行った。

小屋の中にはクリケットの道具の入った箱が二つあった。その一つは蓋が開けっ放しになっていて、最近に使ったらしい玉や木鎚が入っていた。この二つの箱の後《うしろ》には腰掛けがあって、驟雨でも来た時に、雨宿りが出来るようになっていた。

アントニーは小屋へ入ると、後《うしろ》の壁をたたいていたが、やがて言った。

「洞《うつ》ろな音がしないな。とすると、ここではないらしい」

その間にも、背の高いビルは少し身体を屈めながら、他の側の壁を調べていた。

そのビルに、アントニーが声を掛けた。

「マークは、クリケットをやっていたか?」

「一時は興味もないらしい様子だったが」

とビルは答えた。「この一年ほど前から、仲間入りをして、時々仕合をするようになった。だが、本当にクリケットに熱中することはなかった様子だ」

アントニーはポケットからパイプを出して火をつけた。が突然、彼はパイプを吹かすのをやめて、周囲《あたり》に注意を配り出した。それからビルに、しっと合図をした。

「どうしたんだ?」ビルは小声で聞いた。

とアントニーは、重ねて黙っているようにと合図をした。それから四つ匍いになって床に耳を押し当てた。が、突然立ち上って膝と両手の塵を払うと、ビルの側に近付いて、その耳もとで囁いた。

「この下で跫音《あしおと》がする。誰かがやって来る。僕が君に話しかけたら、いい具合に調子を合してくれ」

ビルは頷いた。

するとアントニーはビルの肩を叩いてから、大きな声で、

「ビル、一仕合しようじゃないか」と言い出した。

「よし、一抓《ひね》り揉んでやろう」

それから二人は道具を持って芝生に上った。

芝生に上ると、アントニーは、

「マッチを持っているか?」と大きな声でビルに言った。

ビルが「持っているよ」と答えてマッチを差し出すと、「僕がここにいるように一、二分間君は一人で喋っていてはくれないか?」と囁いた。

ビルは承知して頷いた。

するとアントニーは早速堀に入って行って、用心しながら小屋の前へ近付いて行った。そして、いよいよ小屋まで数碼《ヤード》のところへ来ると、彼は四つ匍いになってしまった。そして少しずつにじり寄って、小屋の開いた扉《ドア》の前二、三碼まで接近した。と、小屋の中が一眼に見えた。全ては彼等が小屋を出た時のままになっているように思われた。が、不思議なことには、彼等が小屋に入った時には閉っていたはずの、今一つの道具箱の蓋が開いていた。

「変だぞ！」アントニーは緊張した頭の中で考えた。

ビルの話声が遠くに聞える。

「芝居をうまくやってるな」

アントニーが心の中《うち》でそう呟いた時である、蓋の開いた今一つの箱の中から、ケイレイの黒い頭が現れた！

アントニーははッとした。そして思わず叫ぼうとした。が、暫く夢見心地でその頭を瞶《みつ》めていてから、長居は無用と後退しだした。

だが、ビルの側まで戻って来ると、アントニーは何もなかったような顔をして、

「ではいよいよ始めようか？」と声を掛けた。それからうんと声を落して「ケイレイだ」と囁いた。

「よしやろう」

ビルはそう応じたものの、ひどく昂奮して、クリケットなどに熱中することは出来なかった。何のためにケイレイが……？　だがアントニーは、クリケットの事だけしか考えていない様子だった。彼は十分ほどの間熱心にクリケットをやってから、いよいよ帰ろうと言い出した。

二人は道具を元に戻しに小屋へ入った。その時には、第二の箱は初めの通りに閉っていた。ビルが道具を元に戻している間《ま》に、アントニーはその箱の蓋を開けてみようとしていたが予期した通り、蓋には鍵が下りていた。

二人が家に向って歩き出した時である。ビルが待ってたという風に、

「ケイレイだって？」と問い返した。

「その通り、道具箱の中から頭を出していたんだ」アントニーが答えた。

「本当か?」

「本当だ」

「では君は、早速地下道へ入ってみる心算《つもり》だろうな」

「うん、入ってみる心算だ。だが今の口とは反対の口から入ってみる心算だ。だが、ケイレイに見付けられないでうまく探し出せるかどうか、それは疑問だと考えるよ。おやケイレイがやって来た」

ケイレイは二人の方に反対側から近付いて来た。そして二人の前まで来ると、

「どこへ行っていました?　もうお寝《やす》みのこととばっかり思っていましたが」と挨拶した。

「これから寝に行くところですよ」アントニーが何気ない風でそれに答える。「クリケットをして来たのです。馬鹿に今夜は蒸しますね?」

だがビルは黙っていた。ケイレイの相手はアントニーに任しておいて、ビルは色んなことを考えていた。今や彼にもケイレイが悪党であることは疑えなくなって来た。今まで親しくしていた友人が悪党であるなんて!　人間なんて見掛けばかりでは信用出来ない。この調子で行けば、ロバートは悪党扱いされていたが、ひょっとすると、逆に善良な人間だったのかも分らない。誰にそれが言えるものか?

だが、ノリス嬢が地下道を知っていたなんて、この事件とはどんな関係があるんだろう?

第十章　確実な証言

翌朝アントニーは上機嫌で食堂に現れた。ケイレイは既にその時卓《テーブル》に就いて、朝の手紙を調べていたが、アントニーが入って来ると顔を上げて挨拶した。

「マークさんの便りが何かありましたか？」

アントニーは卓に就くと、珈琲《コーヒー》を注《つ》ぎながらケイレイに訊ねた。

するとケイレイがそれに答えた。

「まだ分らないのです。それで今日の午後、刑事は庭の池を掻出《かいだ》そうと言っているのです」

「ほう、庭には池があるんですか？　何のために掻出すのです？」

「もしかしたらマークが――」だがケイレイはその先は続けないで、ただ肩を揺ってみせた。

「逃げられないと知って、溺死したかも分らないっていうんですね」

「多分そうなんでしょう」ケイレイはゆっくりとそう答えた。

「だが変ですね。マークさんは逃げられるだけ逃げられたに違いなさそうに思えますがね。それに警官が手配をする前に、倫敦への汽車に乗ることも出来たのですから」

「そうです、私もそう思うんですが」

「その池は深いのですか？」

「ええ、かなり深いのです」そこでケイレイは立ち上って食堂を出ようとしながら、振り返って「こんなにして長い間あなたをお止めして何とも申し訳ありませんね。だが、明日には審問があるはずですから、それまでは御迷惑でも、気楽にしていて頂きたいと思います」

ケイレイが出て行くと、アントニーは一人で食事を続けながら考えた。刑事が池の水を掻出すということだが、それはケイレイの意志によるものなのか、それとも警官の意志によるものだろうかと。

そこへビルが元気よく入ってきた。そして早速食事にかかりながら、

「今朝は何を調べるんです」と大きな声でアントニーに言った。するとアントニーが、

「しッ、大きな声で喋っては駄目じゃないか」と注意した。

するとビルは、初めて気が付いたという風に、自分の囲《まわ》りに気を配った。そうだ、昨夜のことから考えると、ケイレイが食卓《テーブル》の下へ隠れるといったような、予想外のこともこの家《うち》には起り得ないとは誰に言えよう。

アントニーは食事が終ると寝室へパイプを取りに行った。その時寝室では小間使が掃除をしていた。アントニーは紳士らしく邪魔をした断りを言ってから、そのまま廊下へ出ようとしたが、ふと思い出して、

「君はエルシーさんて言うんじゃないか?」

と、にこにこしながら小間使に訊ねた。

するとと小間使は、とり澄して、

「はい左様《さよう》で御座います」と返事した。

「昨日マークさんの声を聞いたというのは、あなたでしたね?」

「はい」

「その聞かれた言葉というのは、『今度は儂の番だ！　見ていろ』っていうんでしたね？」

「ええ、そうで御座います。勝ち誇ったような声でした。機会が来たという風な言い方で御座いました」

「間違いないね？」

「ええ、わたくしにはそう聞えましたので御座います」

「どうも可笑《おかし》い」

「何がで御座いますか？」

「色んなことがなんだ――君は本当に戸口を通りかかっただけだったんだね？」

エルシーはそう問われると顔を赤らめた。彼女はスティヴンスの叱責を思い出したのである。

「左様《さよう》で御座います。わたくし共は裏階段を使うことになっていましたのですが――」

「いや、そういう意味で言ったんじゃないんだ。どうも有難う」

それだけ聞くと、アントニーは部屋を出て階下《した》に降りた。

アントニーはエルシーに逢えたことを喜んだ。というのは、そのためにエルシーの証言が、どんなに大切なものであるかがよく分ったからだった。刑事にとっては彼女の証言は、マークが兄のロバートに脅迫的な態度を取っていた証拠として大切がられたに違いないのであるが、アントニーにはそれは、もっと重大な意味を持つものに思われたのである。つまり、この証言こそは昨日の午後、マークが書斎にいたことを確実に保証する、唯一の証言であると思われたがためだった。

マークが書斎に入ったのを見たものに誰がある？　それはケイレイだけではないか。ところが、そのケイレイは鍵についても、本当のことは言っていない。とすれば、ケイレイがマークが書斎に入るのを見たというような証言は、どうしてそのまま信ずることが出来るだろう？　ケイレイの証言は一から十まで信用出来ない。勿論中には正しい証言もあるだろう。だがある目的を持って、出鱈目の証言と正しい証言とを混ぜているようでは、どうして第三者に、その正邪を見さだめることが出来よう？　だがエルシーは、逢って初めて分ったのだが、偽りの言えない女に違いなかった。とすると、その証言は信じていいと思われた。

だがその証言も、単にマークが書斎に居たということを証明するものに過ぎなかった。「今度は儂の番だ！　見ていろ」とマークは言ったそうだが、その言葉は、切迫詰《せっぱつま》った脅迫を意味する言葉ではない。それは将来の脅迫を意味する言葉だ。だからもしマークが、そうした言葉を口にした直後に兄を殺していたとすれば、争いの最中に起った過失であるに違いない。「見ていろ」という言葉は、「今後に起ることを待っていろ、見ていろ」という意味だとしか考えられない。マークは兄のために随分と迷惑を被《こうむ》らされた。だから、恐らくこの言葉は、いまにその取り返し、報復をしてやるからと言った意味に使われたのではあるまいか？　エルシーの聞いた言葉は、そういう風に取るのが正当ではないだろうか？　人殺しを意味する言葉などと取るのは早計であり、考えの足りない考え方ではないだろうか？　だが先に結論したように、マークが過失からロバートを殺したのではないとすればどうなるか？　マーク以外の人間がロバートを殺したことになるのではないか？

アントニーが二階から降りて来ると、広間にビルがいた。それでアントニーはビルを誘って外に出た。外へ出るとアントニーは、

「池はどこにあるんだ？」とビルに訊いた。「案内してくれないか？」

んだ」

「何の用があって?」

「マークが池で死んでいるかも分らないからというので、池の水の掻出しが行われるはずだからなんだ」

「そんな馬鹿なことをやるのは誰なんだい?」

「誰の意志によるものかは分らないが、とにかく警官によって行われることになっていると言うんだ」

ビルは暫く考え込んでいたが、思い出したように、

「地下道の調査はいつやるんだい?」とアントニーに訊ねた。

「ケイレイが家《うち》にいる間は出来ないよ」

「では池の水を掻出している間《ま》にやってはどうだ。ケイレイはきっと池の方へ行くんだろうから」

アントニーは頭《かしら》を左右に振った。

「僕も池の方へ行ってみなくてはならないからね。だが、その後で、間《ま》があったら、その方にかかってもいい」

二人はやがて池に出た。二人は池の周囲《まわり》を一廻りしてから草の上に腰を下した。アントニーはパイプに火をつけてからこう言った。

「マークはこの池の中には入っていないな」

「それがどうして分るんだい?」

「分るんじゃないが、想像から考えられるんだ。まあ考えてみるがいい、君ならピストル自殺と、溺死とどちらを選ぶね? ピストル自殺の方が容易じゃないか。だがこんなことは考えられるな、つま

り死体が上らないようにと、水へ飛び込んでからピストルを撃ったとね。だがその場合はポケットに石を入れなくてはならないが、手頃の石は河の傍まで行かなくてはならないし、そんなものを取ったとすれば、証拠を残すことになると、考えてくると、池の水を掻出すなんてことは、徒労と言わなくてはならないな。だからこの問題は午後の結果に任すとしてこれから、地下道の入口の研究にかかろうじゃないか?」

それからアントニーは、地下道の問題はロバートの死と関係があると言ってから、こんな風に話し出した。

「僕の考えるところではマークは一年ほど前にこの地下道の存在を発見した――つまり、マークがクリケットをやり始めた頃に発見したものと思われるんだ。その地下道を進んで行くと、丁度クリケット場の小屋の床へ抜けているようになっている。そこで、多分ケイレイの発案になるものと思われるが、その抜け口を人に知られないように、道具箱で蓋をして、マークとケイレイと二人だけで利用――といって、楽しむ位、秘密を楽しむ心で楽しんでいたものだったと思うのだ。ところがノリス嬢がその秘密を知ってしまった。ノリス嬢は幽霊の真似をして、この地下道を抜けたんだが、地下道の秘密を、どうしてノリス嬢が知るに至ったか? 僕はそれはケイレイが教えたものだと思うのだ」

「だが、それはロバートが殺される二、三日前のことなんだぜ」

「それゃあそうだ。だから僕は何もノリス嬢がこの地下道を知ったことと、ロバートの死には関係があるとは言っていないじゃないか。それに、ノリス嬢がこの地下道のことを知った時分には、まだロバートの帰国は分っていなかったんだからな。だが、この地下道は、ロバートの死と同時にどうやら利用――今度は利用だ――されたらしい。多分マークはこの地下道から逃げたもののように思われるからだ。あるいは、この地下道にまだ隠れているかも分らない。とすると、ケイレイにとってはノリス嬢が眼の上の瘤となる」

「それでノリス嬢等を早速倫敦に帰してしまった事になるんだね？」

「そうだ、その通りだ」

「だが、アントニー、君はなぜあの地下道の他の口を探すのに苦心しているんだ？　あの小屋の床から入り込めば、自然に他の口は分るはずじゃないか？」

「それは僕にも分っているさ。だがそんな手段を取るとなると、おっぴらにやらなくてはならなくなってしまうからだ。そのためには第一道具箱を壊さなくてはならないし、第二には、その地下道の他の口が思いも掛けない——例えばケイレイの部屋へでも——出た場合に、僕達の行動がすっかりケイレイに筒抜けに知れてしまって、今後の行動がむずかしくなるかも分らないと思うからだ。それよりも、出来れば秘密に知りたいんだ」

「それゃアそうだな」

第十一章　狭き道

アントニーは暫く考えてから、話を続けた。

「もしも直ぐに地下道が見付からなかったら、もう断念《あきらめ》るより仕方ないと僕は思う」

「というのは、そんな余裕がなくなるからって君は言うのか？」

「いや、時間や機会がなくなるっていう意味じゃないんだ。もう調べてみたって無益という意味なんだ」

「それはまたどんな理由で？」

「それは後《のち》になれば分るだろう。ところでビル、君はどの部屋に秘密の戸口がありそうに思うかね？」

「二階は駄目だから階下《した》だけに限られてくるが、その階下には、居間が数室と、食堂と、書庫と、広間と、撞球場《ビリヤード》と、書斎がある」

「で？」

「その中で、そんな秘密の戸口のある部屋とすると、やはり書斎が怪しくなるな」

「そうだ。だが、書斎とするとただ一つ不合理なところが出来てくる」

「というのは？」

「書斎はクリケット場には一番遠い位置にあるからだ。地下道などというものは、大体が最も出口に近い辺りから出ているものだ。何もわざわざ、家《うち》の下を通らせて一番遠い部屋まで引いてくる必要はないじゃないか？」

「それゃア本当だ。とすると、食堂か書庫かということになってくるが」

「そうだよ。僕はその二部屋の中ではまず書庫を選ぶね。食堂などというものは、常に人の出入りをする処だ。マークが秘密の戸口を一年間も誰にも知られずに守っていたことから考えても、そんな部屋には入口のあろうはずはないと思われる。だから書庫に違いない。だからまず書庫を調べてみるとしよう。書庫ならケイレイが入って来ても、本を読んでいるような顔をすれば、何も怪しまれないで済むんだから」

それで二人は腕を組みながら家《うち》へ戻って行った。

「赤屋敷」の書庫は、この家の主人の買い求めた書物と、父親の書物と、後援者《パトロン》の書物との一緒になった書庫だった。そしてその中には豪華版もあれば、廉価版も混っていた。そしてそれら多数の書物は、二つの窓と扉《ドア》を残して、床から天井まで、部屋の四壁を埋めていた。

書庫へ入ると、アントニーは、

「君も時にはこの書庫の書物を繙くことがあるのかえ？」と、ビルを顧みながら言った。

「あまり読まない方だが、好きな本が一冊ある」

「それは何という本なんだ？」

「バドミントンだ」

「それはどこにある？」

「こちらだ」

ビルはそう言うと、その本のある方角へ近づいて行った。が急に途中で立ち停って、

「いや、間違っていた」と訂正した。「そうだった、マークは一年前に本の位置を変えたんだった。それで今は右の方にあるはずだった」

ビルはそう言うと、今度は右の方の書棚に近づいて、

「うんある、あそこだ」と指差した。

だがアントニーはバドミントンを見ようともしなかった。椅子に腰を下して、パイプに煙草を詰めかえると、暫く何事かを考えていた。

「どうしたんだ?」

「何でもない。では早速に地下道の入口がこの部屋に果してあるかどうかを調べてみよう」

アントニーは立ち上ると、まず左側の書棚から調べにかかった。彼は「ふふん、ここは運動と旅行の本だな。ここは芝居の本だな。ここは詩と。ここは伝記か」そう言いながら、左側の書棚から、次ぎの書棚に移って行った。とまもなく、

「なるほど、なるほど!」と呟いた。

「どうしたんだ?」

「ここは説教の部なんだが、マークの父親は牧師だったのじゃないか? それともマークはこんな書物を好んで読むような男だったのか?」

「いや、自分では読んではいない様子だったが、何でも父親は牧師だったという噂なんだ」

「するとここにある書物は、マークの父親のものなんだな。ビル、ちょっとここまで来てくれない

か」

　ビルが解《げ》せない顔をして側まで行くと、アントニーは書棚からセオドル・アッシャー師の著書を一冊取り出した。そしてそれを、顔に微笑を浮べながら、暫くじっと眺めていたが、ビルの前に差し出して、

「ちょっと持っててくれないか？」と言った。

　ビルは言われるままに、書物を手にした。

が、何を思い出したのか、

「いや、こちらへ返してくれ」と言ってから、「済まないが広間へ行って、ケイレイの様子を探って来てくれないか？　そしてもしケイレイの声でもしたら、『おい！』って呼んでくれないか？」

　ビルは言われるままに書庫を出た。それから四囲《あたり》に耳を澄してから戻って来た。

「万事好都合だ」

「そうか」その返事を聞くと、一旦書棚に戻しておいた、さっきの書物をアントニーは再び書棚から取り下した。そしてビルにも一度「これを持っていてくれないか」と言った。「いや、その書物は左手《ゆんで》に持って、右手《めて》でこの書棚をしっかり握っていて欲しいんだ。そうそう、そして僕が『引いてくれ』と言ったら、それを手前に引いて欲しいんだ。分ったね？」

　ビルは昂奮に顔を赤らめながら頷いた。

「では頼むよ」アントニーはそう言うと、書物を抜いた隙間に片手を突っ込んで、書棚の奥をいじり出した。そしてまもなく、「引いてくれ」とビルに言った。

　ビルは引いた。

「そう、それ位に暫く引いていってくれ。きつく引いて欲しいんだ」そう言いながらも、彼の指は、相変《あいかわらず》書棚の裏をいじっていた。

と突然に、書棚が手前に動き出した。

「成功だ！」ビルは動いている書棚を見ながら叫びを上げた。

が、書棚の後《うしろ》に入口の出来たのを見届けると、アントニーは再び書棚を元に戻し、ビルの手から書物を取って、元の位置に返してしまった。それからビルの腕を取ると、ソファーの処へ連れて行った。

「ワトソン、まるで子供騙しだ」

「子供騙しって――？」

アントニーは愉快そうに笑ってから、ビルの側に腰を下した。

「君は説明が欲しいんだろう？」

「勿論だ！」

するとアントニーは煙草を一服吹かしてから、

「秘密などというものは、分ってしまえば実に馬鹿げたものなんだ」と語り出した。「この地下道の入口は、マークが住む以前からあったんだ。ところがそれを、マークが偶然に発見した。するとマークは、それを人に知らすまいと考えた。その挙句が、一方の端を玉転《クリケット》の道具箱の中にして、一方の端を――」

「どうしたんだ」

「本の揃いを変えることによって、分り悪《にく》くしてしまったんだ。『ネルソンの一生』とか『ボートに乗った三人の男』とか、まあそう言った風な誰しもが手にする本を、たまたまマークが手にしたところから、偶然にも彼はある日今の仕掛けを発見したんだ。と、マークは、自分が偶然にそうした本を手にしたことから、部屋の秘密を知ってしまったとすれば、自分以外の人間だって、そうした本さえ手にすれば、いつ、なんどき同じ秘密を知ってしまうか分らない、そう思わないではいられなかった。とすると、彼はこの部屋の秘密を知られないためには、秘密の戸口の前には人が手を出しそうにない本を置く必要があった。分るね？」

「うん分る」

「だがその時に、マークは秘密の扉《ドア》を開ける仕掛けの丁度前に、目印になりやすい本を置くことを忘れなかった。僕は以上の心理を念頭において、この説教集のあるところを調べた挙句に、セオドル・アッシャー師作の『狭き道』という本を眼にしたのだ。いかにも地下道の秘密の仕掛けの前に置きそうな本じゃないか？」

ビルは幾度も頷いた。

「仲々君は賢者だな」

アントニーは笑った。

するとビルが、立ちながら言った。

「では一緒に行こう」

「どこへだい？」

「勿論地下道の探検にさ」

だがアントニーは頭《かしら》を左右に緩く振った。

「なぜ行かないんだ？」

「では僕の方から君に聞くが、君は一体地下道へ何を探検に行く心算《つもり》なんだ?」

「それは僕にも分らないさ。だが君は、何か発見出来そうなことを言ってたじゃないか」

「マークでもひょっとしたら見付けることが出来るとでも思うのかい?」アントニーは静かに言った。

「君の考えではどう思う?」

アントニーは立ち上ると暖炉《ストーブ》へ行ってパイプの灰を払った。それからビルの方へ振り返って、暫くじっと眺めていたが、

「君はマークにもし逢ったらどうする心算なんだ?」と漸く言った。

「どうするって?」

「君はマークを逮捕するのか、それとも逃げるのを助けてやるのか」

「僕は――僕は――勿論僕は――」だがビルは吃《ども》ってしまった。「僕には分らない」

「そうだろう。僕達は地下道に入って行く前に、まずそれから考えねばならん。そうじゃないか?」

だがビルは何とも答えなかった。ただ眉を顰《ひそ》めて、部屋の中をそわそわしながら歩き廻っていた。

そして時々、秘密の書棚の前へ行っては立ち停って、その後《うしろ》の秘密を探るようにじろじろと見た。

「君はこの中でマークに逢っても、『やあ』と声を掛けることは出来ないだろう?」アントニーが考えに耽りながら言った。

ビルは驚いてアントニーの顔を見た。

「それは勿論出来ない。僕にはどう言っていいか分らない」

二人は再び銘々の考えに耽り出した。

が、突然、ビルがアントニーを振り返って、

「だが」と言った。「僕達は漸く探していた地下道の入口を見出したんだ。それだのに、君は中に入らないのか?」

しかしアントニーはそれには何とも答えずに、ビルの腕を取って言った。

「とにかく一度外に出よう。あまり長居をするとケイレイの怪しみを受けるようになるかも分らないから。それはとにかくとして、君はまだこの仕事を続けて行くだけの意志はあるか?」

「ある」ビルはきッぱり言った。「また続けなくてはならなくもある」

「では午後にでも、機会があったら、地下道の中を調べてみよう。もし午後に駄目だったら、夜調べよう」

二人は広間を抜けて、再び日の光の中に出た。

その時ビルがアントニーに言った。

「君は本当にマークがあそこに隠れていそうに考えるか?」

するとアントニーはそれに答えた。

「隠れているかも分らない。それとも――」だが言い掛けて急に語尾を切ってしまった。「いや、そんなことは考えるまい――とにかく今は考えるまい。あまりにそう考えるのは怖しい」

第十二章　壁上の影

事件が起ってから二十四時間余りというもの、刑事のバーチは八方事件の解決に努力していた。彼は倫敦に逃走当時のマークの様子を詳しく打電して、その捜査令も依頼した。また、四時二十分の列車に、これこれの風態の人間が乗り込みはしないかとスタントン駅も調べさせた。だが生憎《あいにく》にも、当日はスタントンは市《いち》の立つ日だったので、人の出入が激しかったために、それは分らぬとの知らせしかなかった。

だがロバートが二時十分スタントン着の列車でやって来たことだけは確からしかった。だが勿論、当人が死んでいたので、正確なところは分ろうはずもなかった。

バーチはまた、アブレット兄弟の故郷《くに》に打電して、この兄弟が犬猿の間柄であったことも調べ上げた。また、ロバートは不孝な息子で、十五年前にオーストラリヤに行って以来、一度も帰国したことのないことも調べ上げた。だが、豊に暮している弟と、故郷を逐《お》われた無一文の兄の確執が、果して何に原因するか、詳しくはマークの逮捕の上でなくては分らなかった。

つまりバーチは、マークさえ見付かれば、立ち処に事件は解決を見るものと思い込んでいたのである。そうした考えからしてみれば、池の水を掻出すなどということは、バーチにとっては楽しい仕事ではなかったのである。だが、そうまで努力をしているということが翌日の審問の席で分ったならば、恐らくは世間は好感を以て彼を迎えるに違いないと思ってみると、あながち無駄な骨折とも彼には思われなかったのである。しかも万一にも、池の底から兇行に用いられたピストルでも発見された場合には、田舎の新聞は、「バーチ刑事兇器を発見す」といった風に大見出しの記事を載せてくれるだろう。

だから、部下が支度を整えて待っている池に向う刑事の顔は明るかった。彼は庭で出逢ったアントニーやビルに向って上機嫌で、「今日《こんにち》は、手伝いに来ませんか？」と声を掛けた。

だがアントニーは刑事の誘いを、

「僕等が行ったって仕方ないでしょう」と笑いながら断った。「それよりも、後で捜査の結果を教えて頂きたいと思いますよ。だが私はあまり大した結果は得られるまいと思います」

すると刑事も、

「実は私もそう思うんですよ」とそれに答えた。「それでケイレイさんにもそう言ったんですがね、一度調べて見て欲しいと言われるので、実はやることに定《き》めたのですよ」

「そうですか。ではいい結果を待っていますよ」

「ではまたあとで」

アントニーは刑事の後姿を見送りながら、無言でじッと立っていた。それがあまりに長かったので、ビルは痺《しびれ》を切らせてしまって、腕を引くと、顔を寄せて、

「どうしたって言うんだね？」と訊ねた。

するとアントニーは、初めて頭《かしら》を左右にゆっくり振って、

「どうも変だ。分らない。あの男にそれだけ冷酷なことが出来ようとは思われない」と低い声で呟い

た。

　それを聞き咎《とが》めた、ビルは、

「あの男って、誰なんだい？」と訊ねた。

　だがアントニーはその問いには答えようともしないで、近くのベンチに腰を下すと、揃えた両手の甲の上に顎をのせた。それから、

「何か見付けてくれればいいが」と呟いた。

「何か見付けてくれればいいがって、池の中にっていう意味かい？」

「そうなんだ」

「だが、何かって、一体君は何のことを言ってるんだ？」

「何でもいいんだ。何でもいいんだよビル」

　ビルは訳の分らない顔をした。

「どうも君は変だな。一体急に君は何を考え出したんだ？」

　するとアントニーは驚いたように顔を上げて、

「君は刑事の話を聞いたかい？」とビルに言った。

「何か刑事が変ったことでも言ったかい？」

「池を搔出そうと言い出したのは、ケイレイだって言ったじゃないか」

「うん、で君は、池の中に何か、警官をまどわすようなものでも入っていると言うのかい？」

「そうだといいんだけど」アントニーの声は真剣だった。「だが僕はもしや――」アントニーは言い差しにして後を切ってしまった。

「もしや?」

「もしや何も隠していやしないのではないかと思うんだ」

「うん?」

「君は物を隠す場合に、どんなところを一番安全な場所と思うね?」

「勿論誰の眼にもつかない処さ」

「いや、それよりも安全なところがある」

「それは?」

「皆して探してしまった処だ」

「では君は、池の水が掻出された後で、ケイレイが池の中に何かを隠すというのかい?」

「そうなんだ。そんなことがありはせぬかと、それを僕は怖れているんだ」

「なぜ怖れるんだ」

「というのは、それは大切なものに違いないと思われるからだ。よそには隠せないほど大切なものだと思われるからなんだ」

「それは一体何なんだ?」ビルは真剣になって問い返した。

だがアントニーは頭《かしら》を振った。

「まだそれは僕にも言えない。今はただ、刑事が何を池の中から発見するか、それを待っていることにしよう。刑事は何か発見するかも分らない。だが、もしも刑事が何も見出さなかった場合には、ケイレイが今夜にも、何か大切なものを隠そうとしているのだと考えるより仕方なくなる」

「それは一体何なんだ?」ビルは再び同じ質問を繰り返した。

「僕が教えなくても、君は君の眼で見ることが出来るだろう。というのは、僕はそれを見に行く心算《つもり》だからだ」

ビルは今では、法とケイレイと何方《どちら》に味方をするかと問われたなら、たちどころに、法に味方すると答えただろう。この事件が起るまでは、彼はケイレイを好んでいた。だが、アントニーと彼の話を立ち聴されて以来というもの、どうしてもケイレイには好意は持てなくなっていた。ケイレイが卑しい悪党とさえ思われ出した。そうだ、もし法が要求するならば、ケイレイなどは絞罪に処してしまってもかまわない。

アントニーは時計を見てから立ち上った。そして、

「行こう」とビルを促した。「これから仕事にかからなくてはならない」

「というと、いよいよ地下道を調べに行くのか?」

ビルは緊張していた。

「いや、それはまた後廻しだ」

アントニーはそれだけ言うと、ビルを連れて書斎へ入って行った。

時間は丁度三時だった。三時といえば、昨日アントニーとケイレイが屍体を見付けた時間である。その数分後は、アントニーが寝室の窓辺に立っていて、突然開かれた戸口にケイレイの現れたのを見て驚いた時である。その時彼には、なぜ寝室の扉《ドア》が閉っていないのだろうと、それを不思議に思ったが、深く考えるだけの余裕がなかった。それで後になって調べてみようと思っていた。ひょっとすると、それは何でもない思い違いかも分らない。が、ひょっとすると、何かの意味を持つものであるかも分らない。それで彼はその日の朝にも、一度書斎の寝室を訪ねていたのだったが、昨日と同じ印象

を得るためには、昨日と同じ時間に来る心要のあることを感じたのだった。だからして、昨日と同じ三時になって同じ環境の中で、昨日の不思議な印象が、果して何に由来するものであるかを、も一度調べてみようと思ったのである。

ロバートの屍体は勿論、もう片附けられてしまっていた。だがその後には、黒い汚染《しみ》が残っていた。アントニーは昨日の光景を思い出すように、暫くその汚染を眺めていたが、やがて二十四時間前にしたと同じように、その汚染の側に蹲《しゃが》み込んだ。そしてビルに、

「君にケイレイになってもらって、昨日のケイレイそのままの動作をやってもらいたいんだ。まずケイレイは屍体の顔を洗おうと言って、この部屋から出て行った。それから水を含んだスポンヂと、濡れたハンカチを両手に持って戻って来た。きっとそのハンカチは簞笥の中にあったんだろうと思うんだが、ちょっと待ってくれよ」

アントニーはそう言うと立ち上って、隣の寝屋に入って行った。そして周囲《あたり》を見廻してから、簞笥の抽斗《ひきだし》を一つ二つ開けてみた。それから扉《ドア》を閉めておいて、再び書斎に戻って来た。そしてビルに、

「スポンヂは洗面所にある。それからハンカチは簞笥の一番上の抽斗の右側にある。では君はケイレイになってくれ。まず顔を拭ってやろうと言って立ち上るんだ」

ビルは心《うち》の中で幾分馬鹿らしいとは思ったが、アントニーの言うがままに従った。まずビルは立ち上ると、戸口の方へ歩いて行った。それを昨日と同じようにアントニーが後《うしろ》からじッと見送った。ビルはアントニーに見送られながら、やがて隣室へ入って行って、簞笥の上の抽斗を開け、ハンカチと濡れたスポンヂを両手に持って戻って来た。

「どうだね?」ビルは戻って来ると首尾を訊ねた。

だがアントニーは首を振った。

「どうも違う。君はひどく音を立てたが、ケイレイは少しも音を立てなかった」

「それは君が、昨日は耳を澄していなかったからじゃないのか?」

「そんなことはない」

「では、ケイレイは扉《ドア》を閉めたんじゃないのか?」

「待った!」

そう言うとアントニーは、眼の上に手を当てて考え込んだ。だが彼は、昨日耳にしたところのものを思い出しているのではなくて、眼にしていたところのものを思い出していたのである。彼は焼気《やっき》になって思い出そうと努めていたのである。彼はケイレイが立ち上って、書斎の扉を開け、その扉を開けっ放しにしておいて廊下に出、右側の扉の把手《ハンドル》を握ってから、それを開けて中に入った時の様子を思い出していた。それから——それから彼の眼は何を見ただろうか?

と、突然アントニーは躍り上った。彼の顔は輝いていた。同時に、「分った!」と叫びを上げた。

「何が分ったんだ?」

「壁の影がだ! 僕はケイレイが隣の部屋に入っている間、じっと壁の影を見ていたんだ。何という僕は馬鹿だったんだろう!」

ビルにはアントニーの言葉は分らなかった。それでただぽかんとして立っていた。とアントニーが、廊下の壁を指しながら言った。

「扉が開いてるから壁に日の光が射しているんだ。そこの日の光は寝室の窓から流れ込んで来ているんだ。いいかい、今度は僕が扉を閉めてみるよ。この壁を見ているんだぜ、扉が閉るにつれて、影の出来るのが分るだろう？　この影なんだ。この影こそは、僕が昨日見たものなんだ。ビル、今度は君が閉めてみてくれ。さ早く！」

今度はビルが寝室の戸口へ行って、アントニーが踞《しゃが》み込んだ。その眼は扉に、じっと注がれていた。

「その通りだ！」アントニーは叫びを上げた。「初めはその壁に日の光が射していたが、暫くすると、徐々にその光が消えたんだ。しかも扉の閉る音はしなかった」

と、ビルは吃驚してアントニーの顔を見た。

「では、では君は、ケイレイが、君に気付かれないように、そっとこの扉を閉めたというんだね？　だから君は、部屋の中の物音を聞かなかったって言うんだね？」

アントニーは頷いた。

「そうなんだ。それで、僕が後になって扉の開いているのを見て驚いた説明もつくんだ。僕が屍体の側に踞んでいて見た壁の明るさが、ひどく違っていたからなんだ。さあこれで謎は一つ解けた。では今度は、ケイレイが寝室で何をしていたか。何故《なにゆえ》僕に少しも物音が聞えぬように、用心して扉を閉めたか、それを調べてみなくてはならぬ」

第十三章　開かれた窓

アントニーの頭にまず浮んだことは、ケイレイが屍体に見出した何物かを、その部屋のどこかに隠したということだった。だが直ぐに、彼はその考えを否定した。いずれ屍体についていたものといえば小さいものに違いない。それにケイレイが寝室に入っていた時間は短かった。とすれば、その間には、せいぜい箪笥の中に隠す位の余裕しかない。箪笥の中などに隠すのなら、彼自身のポケットに隠した方が安全な位は、ケイレイほどの人間なら十も承知のはずである。それに——そうだ、それ位のことをするのに、なぜ扉を閉める必要などがあるのだろう？

ビルは箪笥の抽斗《ひきだし》を開けて中を覗いてみた。

アントニーもビルの肩越しに中を見た。その中には服が一杯詰っていた。それを見るとアントニーは、「マークはここで着更えをすることがあるのかい？」とビルに訊いた。

するとビルはそれに答えた。

「マークは洋服気狂いなんだ。それで数も沢山ある。だからその中の一部分を、この中にも入れているんだ。そして急に着更えをする必要が起った時などには、ここですることにしているんだ」

「そうか」

そう答えながらもアントニーは部屋の中を歩き廻っていた。そして手洗場の前まで来ると、その横においてあった洗濯籠の蓋を開けて中を覗いた。それから、「なるほど、マークは最近にここでカラーを取り更えたな」と呟いた。

ビルも洗濯籠の中を覗いてみた。アントニーの言った通り、その底にはカラーが一枚入っていた。

「マークは非常な潔癖な男なんだ。だから、カラーが少しでも汚れたりすると、すぐに取り更えないではいられない性質なんだ」

アントニーは身体を屈めて、カラーを洗濯籠から抓《つま》み出した。それからそれを暫くじっと眺めていたが、

「なるほど少ししか汚れていない」と呟いた。

「ほんの少しだろう」

「うん、だがケイレイはそっとこの部屋の扉《ドア》を閉めて、一体何をしてたんだろう？　何も隠した形跡がないとすると、音を聞かれてはならないことをしたのだと考えなくてはならなくなるが」

「なるほどね、そう言われれば、そうに違いない」

ビルはそう言うと、眉を顰《ひそ》めて、その物音が何であったかを考え始めた。だが容易に思い付かなかった。

と、突然に、アントニーが叫びを上げた。

「馬鹿野郎！　何て僕は間抜けだったんだろう！」

「一体どうしたというんだい？」

すると窓を指差しながら、

「これだ！　これだ！」と叫びを上げた。

ビルはアントニーの指差す方を振り向いた。だが果してアントニーが何を指しているのか分らなかった。それで彼は解《げ》せない顔で振り返った。

と、アントニーが、

「窓を開けたのだ！」と説明した。

「誰が？」

「勿論ケイレイだ」それからアントニーは重々しい句調でゆっくり説明した。「ケイレイはこの部屋へ窓を開けにやって来たんだ。扉を閉めたのは、僕に窓を開ける音を聞かれないためだったんだ。僕がこの部屋へ入った時は、窓は開けっ放しになっていた。それを見ると、僕は、『窓が開けっ放しになっていますね、犯人はここから逃げたに違いありませんよ』などと言ったんだ。するとケイレイはケイレイで、眼を瞠《みは》りながら、『きっとそう、そうに違いありますまい』なんて、答えたんだ。僕は何という間抜けだろう！」

アントニーはこの問題の解決によって、大分事件の真相に肉迫することが出来た。

それで彼は今までに分ったことを綜合して、ケイレイの足取りを調べてみた。

アントニーが広間に入った時には、ケイレイは扉《ドア》を叩いて「開けろ！　開けろ！」と叫んでいた。だが既にその時には、ケイレイは書斎の中で何事が起ったかを知っていたのだ。既にマークは書斎にはいない、またマークは窓から逃げたのでもないことを、ちゃんと知っていたのである。だが、ケイレイの計画としては、マークがロバートを殺して、窓から逃げ出したようにしなくってはならなかった。が、一旦書斎の鍵を下してしまってから窓を開けておくことを忘れていたのを思い出したのである。何という間抜けだったろう！　何という間違いを仕出かしてしまったのだろう！

彼はそれに気が付くと、再び書斎に入ろうとした。が、不幸にも、そこへアントニーが現れた！　問題は錯互《さくご》をきたした。だが、ロバートがマークに殺されたと見せるにはどうしてもどこかに逃げ口を慥《こしら》えておかなくてはならない。

と考えてくると、ケイレイが裏の窓まで馳けつけるのに、一番遠廻りの道を選んだ理由も分ってくる。一番近い右側へ行けば、当然寝室の窓の前を通らなければならなくなる。だから咄嗟の間《ま》にも、彼は寝室の窓を開けるより仕方ないと考えて、その窓の前を通らないで済む道を選んだことになったのだ。

アントニーは馳け出すことと、遠道をすることとの矛盾を不思議に思っていたが、こう分ってみると、その矛盾も自然に消えるのを覚えたのである。ケイレイはアントニーに疑惑を起させないためには急がなくてはならなかった。いや急ぐ様子をしなくてはならなかった。だが寝室の窓の前は避けなくてはならなかった。それだけの理由からであったのだ。

そして書斎に入り込むと、顔を洗ってやるのだとの口実を作って寝室に入り、分らぬようにそっと扉を閉めておいて窓を開けた。

やがてアントニーとビルは再び芝生に出てくると、そこでアントニーは、自分の推理をビルに聞かせた。

するとビルが、

「ではマークはどうしたんだ？」とアントニーに訊き返した。「君の話の通りだとすると、マークは書斎に入っていないことになるが、とすると、どこにいると君は言うんだ？」

「いや、僕の推理は決してマークが書斎に一度も入らなかったと証明するものではないんだ。一度は入っているに違いないと僕は思う。エルシーがマークの声を聞いているのだから」アントニーはそこで暫く語《ことば》を切った。それからゆっくりと語を継いだ。「エルシーの証言によると、マークの声を聞いたことは事実らしい。しかしだ、マークは書斎に一度は入っても、戸口から再び外に出たに違いないと僕は考える」

「そして?」

「そして? マークはどうしたって言うんだな? マークは地下道の中にいるよ」

「地下道の中に隠れているというのかい?」

だがアントニーは答えなかった。そこでビルが同じ問いを重ねてすると、漸くアントニーはこう答えた。

「それは僕にも何とも言えない。だがとにかく僕の、想像を聞いてみてくれ。それは可能な想像だと思うんだ。だが決して間違いのないものだとは僕も言わない」

アントニーは両手をポケットに突込んで、芝生に長々と寝そべりながら話し始めた。

「まずマークがロバートを撃ったところから始めよう。それが過失からであるかどうか、それは僕にはまだはっきりとは分らない。がとにかく、マークは自分のした事に気がつくと、ひどくまごついた。だがマークは扉《ドア》に鍵を下してそのまま逃げ出しはしなかった。扉の外に鍵のあったことを考えて、それは不可能と思われるからだ。また、マークがそのまま逃げ出すほどの馬鹿だとも思われないからだ。が、マークが自分の立場にひどく恐怖を感じたことは確かだろう。兄とは仲が悪いことは周知のことだし、二人の争いは誰かに聞かれていたかも分らなかったからだ。とすると、その場でマークはどうしたろう? マークの採った手段はこうだと思う。つまり、いつでも困った時にはケイレイに相談していたらしいが、この場合もケイレイに相談しに行ったに違いないということだ。

その時ケイレイは書斎の直ぐ近くにいた。だからケイレイは弾の音を聞いていたはずだから、マークの顔を見ると、いきなりどうしたんだと訊ねたに違いない。それでマークが全てを説明する。二人は一緒に書斎に入る。ケイレイは屍体を調べる。そのケイレイに、マークは、『どうしたらいいだろう？　過失なんだ。本当に儂は過ってロバートを殺してしまったんだ。彼奴《あいつ》が儂を脅迫したからなんだ。何とか儂を救ってくれ！』と叫んだ。

するとケイレイは何を思いついたのか、『全ては僕に任しなさい。場合によっては僕が罪を着てあげるから。だからとにかくここは出て、どこかに早く隠れなさい。誰にも分らない処へ。そう、地下道に隠れなさい。後で私は行ったげるから』

そのケイレイの言葉にマークは力づけられて地下道に隠れた。それからケイレイの芝居となったんだ――」

アントニーはそれだけ言うと黙ってしまった。

するとビルが、

「それからマークはどうしたんだい？」と先を訊ねた。

するとアントニーは肩を揺って、

「それは地下道へ行って調べてみなくては分らんさ」

「では早い方がいいから、今からすぐに出かけよう」

「だが用意は出来ているか？」

「出来ているさ」ビルは妙な顔で答えた。

「どんなものに出逢っても驚かないな?」

「君は妙な言い方をする」

「そうかな」アントニーは意地悪い笑いを見せた。「だが池の方はまだやっているんだろうな? ケイレイは池の方へ行ってるだろうな?」

「では僕が一走《はしり》行って見て来よう」

ビルは立ち上って行こうとした。

とアントニーが呼び止めて、

「エルシーがマークの声を聞いたっていうのは間違いあるまいか?」

と意外な質問をした。

「それゃ主人の声だもの、まさか聞き間違いはあるまいと思うがな。それにマークの声は調子の高いとても特徴のある声なんだから」

それからビルは、マークの抑揚のない声高《かんだか》い声を真似て、「こんな声だから間違いっこはないよ」と言ってから走って行った。

第十四章　ビルの気転

ビルは息を切らせながら戻って来て、ケイレイはまだ池の方にいると知らせた。それから、

「どうも池の中は泥だけらしいぞ」と付け加えた。

アントニーは頷いた。

「では行こう。早い方がいいからな」

二人はやがて説教書の前に立っていた。

アントニーがセオドル・アッシャー師の本を取って掛金を外す。ビルが書棚を前へ引く。書棚は動いて、後《うしろ》に暖炉《ストーブ》ほどの大きさの穴が開《あ》いた。

「さあ入ろう」

アントニーは懐中電灯を手にして穴の中を照らして見た。穴の口から階段が六段下に降りている。

「僕が先に入ろうか？」ビルは穴の中を覗きながら、いかにも先に入りたそうに言った。

だがアントニーは笑いながら頭《かしら》を振った。

「いや僕が先に入る。もしかの場合に――」が、先を続けなかった。

「もしかの場合に？」ビルが言った。

「そうなんだ――もしかの場合にいけないからだ」

ビルは意味が分らなかったが、重ねて訊こうとはしなかった。気持が昂奮していたので、そんなことにこだわってはいられなかったからである。

「では君が先に入れ」

「だがその前に、中へ入って無事に出て来られるかどうか、それを試験しておかなくてはならない」

「出られなければクリケット場の方の口へ出ればいいじゃないか」

「だが、出来れば気付かれないようにしたいからな」

「ではまず僕が試験をやってみよう」

「ではまず僕が中へ入るから、君はそこで待っていてくれ」

「承知した」

懐中電灯で足下を照らしながら、アントニーは階段を降りて行った。やがて見えなくなってしまった。だが穴を覗いているビルの眼には、暫くはほのかな光が、地下道の壁を黒く浮き出させているのが見えていた。微かな跫音《あしおと》も聞えていた。が、まもなく光も跫音も消えてしまって、ビルは一人切りになってしまった。

が、ビルは一人切りにはならなかった。というのはこの時突然広間に人声がしたからである。

ビルは驚いた。思わず飛び上った。

それもそのはず、声の主はケイレイだったからである。

ビルは驚いて書棚を元通りの位置に直した。アントニーはどうなる？　だが、そんなことを考えている暇はなかった。

漸くビルが書棚を直して、出鱈目の書棚の前に位置を変えて、手当り次第に本を一冊取り出した時には、ケイレイは既に書庫の扉《ドア》を開けていた。そして、「よう、君はここにいたのか？」と声を掛けた。

「よう！」ビルは振り返ると、何気なくそう答えた。「もう終りましたか？」

「終りましたかって？」するとケイレイが問い返した。

「池の掻出しですよ」

「まだです、まだ盛《さかん》にやっている最中です。だがギリンガムさんは」

「ああ、アントニーですか？　どこへ行きましたか、私達は市《まち》まで行く約束をしてここで待っているんですが、未だにやって来ないんです。それはそうと、池から何か出ましたか？」

「いいえ、まだ何も出ませんよ」それからケイレイはビルの側に近づいて、「何を読んでいるんです？」

ビルは手にした本の表題も知らなかったが、それは「クーリッヂの作品と一生」という本だった。するとケイレイがビルに言った。

「あなたは詩がお好きなんですか？　クーリッヂの作品を研究していられるんですか？」

ビルは誤魔化さなくてはならなかった。

「ええ、研究というほどではないですが」

そんな話をしている間も、ビルは気が気でなかった。地下道に降りているアントニーが、いつなんどき書棚の裏から現れて来るか分らなかったからである。出られるか出られないかを試しにアントニーは入ったのである。とすれば、書棚の閉っているのに不審を起さぬはずはない。

ビルは何とかしてケイレイを部屋の外へ連れ出さなくてはならないと考えた。

「私達と一緒においでになりませんか?」と誘ってみた。誘いにさえ応じてくれたらしめたものである。

「生憎、私はスタントンまで行かなくてはならないんです」

とケイレイが答えた。ビルは重荷を下したような気になった。

「そうですか。車でおいでになるんですか?」

「ええ、車はもう直ぐ玄関に廻されるはずですが、その前に手紙を一通書かなくてはならないんです」

ビルは再び困惑した。だがケイレイは、そんなことにはお構いなしに、机に坐ってレター・ペーパーを取り出した。

ビルは仕方なく椅子に腰を下したものの、落着けなかった。何とかしてアントニーに、書庫にケイレイがいることを知らせてやらなくてはならぬ。だがどうして? アントニーはモールス暗号を知ってるだろうか? 知っていれば、床を踵で叩いてでも、伝えることが出来るんだが。アントニーほどの人間なら、きっと知っているだろう、とにかくやってみるだけの価値はあるが、簡単でなくてはならない。何という文字を打てばいいだろう? ビルは煙草に火をつけながら考えた。そうだ、ケイレイのCがいい。Cという字はどう打つんだったかしら。ビルはかつて電信隊でモールス暗号を習っていた。そうだった、ツー・トン・ツー・トンだった。これなら簡単だ。

ビルは椅子に腰掛けたままで、幾度もツー・トン・ツー・トンを繰り返し踵で打った。

アントニーには果して通じたのであろうか? 一分、二分、三分、五分、打ち出してから五分もしたが、アントニーは出て来なかった。

「漸く助かった！」

ケイレイが手紙に封をしながら、

「さあ行きましょう！」と言ったからだ。

二人は揃って玄関へ出た、玄関には既に車が廻されていた。

と、その時である、誰かが二人の後から、「よう」と声を掛けたのである。二人が思わず振り向くと、そこにはアントニーが立っていた。

「ビル、どうも待たせて済まなかったな」

意外なアントニーの出現に、ビルがどんなに驚いたかは言うまでもなかろう。が、ビルは巧みにそれを押えてしまった。

「では私はこれで失礼しますが、あなた方は市《まち》までおいでになるのですね？」

ケイレイは二人に向ってそう言った。

「ええ、その心算《つもり》でいるのです」

「では御迷惑でも、この手紙をジェランドまで届けて頂く訳には参りますまいか？」

「ええ、よろしいとも」

「どうも済みません。ではまた後ほど」

二人切りになるが早いか、ビルはアントニーの方に向きなおった。そして急《せ》き込みながら、

「どうした？」と訊ねた。

「とにかく話は書庫でしよう」

それで二人は書庫へ入った。入ると直ぐにアントニーは椅子に腰をどっかり下した。

「暫く話は待ってくれよ。なにしろ走って来たんだからな」

「走った？」

「うん。君は僕がどうして玄関までやって行ったと思うんだ？」

「では君は、向うの端から出て来たのか？」

アントニーは頷いた。

「では、僕の踵の音を聞いたんだな？」

「聞いたよ。君はなかなか智恵がある」

ビルは顔を赤らめた。

「きっと君は分ってくれると思ったんだが、すぐにケイレイだと分ったかい？」

「分ったよ。だが君は随分焦々《いらいら》しただろう？」

「焦々どころか！　だが君の方はどうだった？」

「僕の方って？」

「マークに逢ったか？」

「いいや逢わなかった。マークの——いや、とにかく何も見なかった。ただ壁に嵌《は》め込んだ扉《ドア》を一つと、戸棚を一つ見ただけだ。何かこの地下道に秘密があるとすると、きっとあの扉の中だと思われる」

「ではマークはその扉の中に隠れてるんだろうか？」

「僕はその扉の鍵孔から、低い声で、『マークいるか？』って呼んでみた。中にマークがいれば、きっとケイレイだと思って返事をするだろうと思ったからだ。だが何の返事もなかった」

「では早速も一度二人で入って行こう。そして、その扉の中を調べてみようじゃないか」

だがアントニーは頭《かしら》を振った。そしてただ、

「ケイレイは一人で車を運転して行ったじゃないか」と言った。

「だから、いつなんどき帰って来るかも分らないと言うんだな？　だがケイレイは、スタントンまで行ったんだぜ」

「ケイレイの言葉など信用出来るか。だから地下道の探検はまたに譲って、今は頼まれた手紙を持ってジェランドまで行くとしよう」

第十五章　恋のさやあて

　二人はやがて街道を離れて、畑の間を歩いていた。アントニーは少しも口をきかなかった。従ってビルも黙って歩いているより仕方なかった。だがビルは、アントニーが時々後《うしろ》を、まるで二度目に来る時には一人でも来られるように道を覚えようとでもする如くに、振り返っては見ているのには気を止めていた。ところがジェランドへの道は、分り悪《にく》い道ではなかったのである。一筋道だったのである。変だなアとビルは思わないでいられなかった。と、アントニーは幾度目にか振り返って、

「ケイレイが帰って行く」と、笑いながらビルに言った。

　なるほど、街道をケイレイの車が「赤屋敷」に向って走って行く。

「それで君は始終後を見ていたんだな？　だがなかなかいい眼をしているな。するとケイレイはスタントンには行かなかったのかしら」

「無論、そう思わせたかっただけなんだ」

「だが、何のためにそんなトリックを使ったんだろう？」

「勿論使うだけのことがあるからさ」

「使うだけの理由《わけ》って？」

「僕達に家《うち》を空けさせて、その間に書庫へ入り、地下道に忍び込もうという寸法さ」

「そして？」

「それは夜が来れば分るだろう」

二人はこの時、もうジェランドの農場近くやって来ていた。それは藁葺の農場で、幾年も人の住んでいなかったのを、今の持主が手入れを施したものだった。

近づくと、家の前には若い娘が立っていた。

「あれが問題のアンヂェリヤ・ノーバリイなんだ。ちょっと見られる女だよ」

実際アンヂェリヤ嬢は、見られる女どころか、美しい女だった。だがきっと、ビルは自分の愛人と比較して、愛人に軍配を挙げるために、そんな批評を下したのだろう。

二人はその娘に近づいた。握手、紹介、それらがよろしくあってから、

「ケイレイさんに手紙を頼まれて来たのです」

ビルはそう言って頼まれてきた手紙を出した。

「それはわざわざ有難う御座いました。ケイレイさんにお逢いになりましたら、今度《このたび》のことを大変御心配申し上げておりますと、よろしく御言伝《おことづたえ》願います」

ビルはそこで昨日の事件の概略《あらまし》を話して聞かせた。

「それで、まだアブレットさんはどこにおいでなのか分りませんの？」

「分らないのです」

アンヂェリヤ嬢は心配そうに俯向いた。それから、「お話を伺いましても、まだどこかよそで、遠くで起った事件のようにしか思えません」と言った。が、急に彼女は強いて笑顔になりながら、「これは失礼致しました。どうぞ家《うち》へお入りになって、お茶でも召上っていらして下さい」

二人は奨められるままに家へ入った。

ノーバリイ夫人は二人を悦《よろこ》んで迎えてくれた。そして一通り挨拶が済むと、

「何てことが起りましたのでしょう、本当に怖ろしいことが」と彼女は言った。

アントニーもビルも、調子を合せて、困ったことになったという風な顔をした。

「あんな親切な優しいアブレットさんが――」

アントニーは、自分はまだマークには逢っていないことを断った。

「ああ、そうで御座いますか。だがギリンガムさん、女の直覚と申しますものは、決して外れるものではないのです。それは信用して頂いていいと思います」

アントニーは頷いた。

「それからあれの母親としましての、わたくしの心中も察して頂きたいと存じます」

アントニーがその意味をどうとっていいものかと思い惑っている間に、未亡人は、

「わたしはあの男を好かないのです」ととっ拍子もないことを言い出した。

「あの男と仰有いますと？」アントニーは訊き返さないではいられなかった。

「アブレットさんの従兄弟です。あのケイレイです」

「ええ――」

「母親と致しまして、ただ一人の兄弟を撃ち殺したりしますような男のところへ、どうして娘をやりましょう？　わたしがそんな女だと思えますか？」

「いいえ――」

「ですから、誰かピストルを撃った者があったとしますと、アブレットさん以外の誰かだと考えるの

です」

アントニーは先を促すようにノーバリイ夫人の顔を見た。

「わたしはあの男を好きません。本当に嫌な奴です」

だが、だからといって、ケイレイが殺人者だとは言えないじゃないか、そうアントニーは心で言った。それから、

「お嬢さんとケイレイさんとの間は、どうだったんでしょう?」

と躊《とま》いながら問いを出した。

「いいえ、二人の間には何の関係も御座いません」ノーバリイ夫人は力を入れて言った。「誰にだって申しますが、何も関係はありません」

「決してそういう意味でいったのではないのですが」

「本当に何もないのです。その点ではわたくしだってアンヂェリヤを信用出来ると思います。ケイレイは五月蠅く言い寄ったようですが」だが未亡人は、肩を揺っただけで後は続けなかった。

アントニーは、大分ビルの話とは違うじゃないかと思いながら、夫人の話の先を待った。

「勿論二人は逢う位のことはしていましょう。また、ケイレイの方から五月蠅いことも言ったでしょう。でも、わたくしの母としましての義務ははっきりしているのです」

アントニーは強く頷いた。

「それでわたしは、はっきりと——何も躊躇などする必要は御座いますまい?——それで、少し度が過ぎやしないかしらって、この間もケイレイに申したのです。勿論、こんな調子では申しませんでしたが、はっきりとは申しました」

「つまり」アントニーは静かに言った。「あなたはケイレイさんに、お嬢さんとアブレットさんとの間は既に――」

ノーバリイ夫人は幾度も頷いた。

「そうなんです、ギリンガムさん。母の義務として申しましたのです」

「ところで、そう直接に仰有ったのはいつ頃のことなのです？」

「まだ前週のことなのです」

「なるほど」アントニーは口の中で考えながら言った。

「わたしは丁度いい時に言ったと思っております。遅くも早くもなかったと思っております」

アントニーは一先《ひとま》ず暇《いとま》を告げて外へ出て、この新しく耳にした事実を、ゆっくり考えてみたいと思った。また、アンヂェリヤ嬢と二人切りで、彼女の本当の心の底を――マークかケイレイか、果して彼女自身はどちらを深く愛しているか――それも訊いてみたいと思った。彼女はケイレイを愛しているのだろうか？　マークを愛しているのだろうか？　それとも二人共愛していないのだろうか？

「娘というものは眼先の見えないものですよ」ノーバリイ夫人が再び言った。「母親がいなければ、娘というものはどんなになるか分ったものではありません。わたしは一眼見ました時から、娘の婿にはアブレットさんがいいと思っていたのです。アブレットさんは立派な芸術家なんです。それにあんな立派な家《うち》まで持っていられます。娘に何の不足があってなるものですか」

そこでノーバリイ夫人は深い溜息を洩らした。アントニーはそれを機会《しお》に暇を告げようとした。と、夫人はまたも言葉を続けた。

「わたしはアブレットさんに仕様のない兄さんのあることも知っているのです。その兄さんが昨日帰っていらっしゃることも聞いていたのです」

「ではアブレットさんは昨日の朝、こちらへ見えたんですね？」

「いいえ、昨日の朝は見えませんでした。一昨日《おととい》の朝でした。そうでした。丁度わたし共がお茶を飲んでいましたところへ見えたのです。何でもミドルストンへお出でになる途中だとかの話でしたが、わざわざわたしの方までお寄りになって、そんな話をしておいでになったのです」

マークはロバートからの手紙を昨日の朝受け取ったばかりだのに、その一日前にここへ寄って、ロバートの帰りを既に知らせている。

アントニーには新しい問題が呈出された。これはよく考えてみなくてはならない。が、それから暫くして外へ出たアントニーは、なぜかこの問題には触れなかった。も少し考えてみる必要があったのだろう、が、「君の知ってる通り」とビルに言った。「ケイレイは今度の事件に偽証をやってることは明らかなんだが、その偽証は二つの理由の一つによってなされているものに違いないんだ。つまりマークを救うか、マークに濡衣《ぬれぎぬ》を着せるか、この二つの理由の一つから出ているものに違いないんだ。が、どうやら僕は、後者の理由の方が有力なように思われ出してきたよ」

「しかし」とそれにビルが反対した。「何も恋敵《こいがたき》だからといって、僕はそれを破滅に導くほどのことはなかろうと思うがな」

「君ならそんなことはしないがね？」アントニーは笑いながら、ビルを振り返って皮肉った。

ビルは顔を赤くした。

「それゃア、場合によりけりだが――」

「そうだ。だがビル、まさか恋敵が自分の犯した罪で困っている場合にだよ、それを救おうなどとはしないだろう？」

「それゃアそうかも分らない」

その時二人は農場の門までやって来ていた。と、アントニーは立ち停って、門の柱に寄りかかりながら、今来た道を振り返った。

農場は遠くに小さく見えていた。

と、アントニーがビルに訊ねた。

「この小路《こみち》では自動車は農場の前まで入らないが、他に自動車道でもあるのかい？」

「ないよ」

「では農場までは、街道から随分歩かなくてはならない訳だな」

「なぜ？――」

「いや、ただ訊いてみただけなんだ」

それから二人は街道へ出て歩き出したが、この何でもない会話のうちに、アントニーは非常に重要な意味を持たせていたのである。

第十六章　夜の準備

ケイレイがその夜池《よ》に隠そうとしているものは何だろうか？　アントニーはそれが今では分っていた。それはマークの屍体に違いなかったのである。

アントニーには最初から、マークが殺されていそうな気がした。理論から割り出して、どうしてもそうした結果にならなくてはならないと思われた。だが、それはあまりに惨酷な犯罪である。だから彼は、ビルにも言い渋っていたのだった。

果してマークは犯行の行われた午後に、書斎に入って行ったろうか？　それさえアントニーにはずっと前から疑問だった。それを証明するものは、エルシーの証言だけしかないのである。（ケイレイの証言もあるが、そんなものはどうして信頼出来よう）ところが、ビルの話によると、マークの声は非常に特徴があるという。ということは、真似やすい声であるということになる。ビルだってそれを真似たではないか。ビルに真似ることの出来るものが、他の者に真似られない理由《わけ》がどこにあるだろう？

惨酷な犯罪だとは肯定する。だがロバートが既に殺されているこの事件で、どうして今一つの殺人事件が行われたと、言えない理由があるだろう。昨日の午後、ケイレイとマークはアンヂェリヤ嬢のことで争った。そしてケイレイが、目的を持ってか過失からかは知らないが、とにかくマークを殺してしまった。それは午後の二時頃に、地下道内で行われたものと考える。当然ケイレイは屍体の処分を考えた。屍体は地下道に埋《うず》めて、マークは兄に逢うのが怖ろしさに逃走したと誤魔化そうか？　がそれでは変だ。だって、マークは朝食時に、それほど兄の来ることに怖しそうな様子は見せていなかったではないか。それでは駄目だ。そんな薄弱な理由でマークの行方不明を証明することは不可能だ。では、マークが兄に逢って、兄と争い、その揚句兄を殺して行方を暗ましたものとしたらどうだろう？

アントニーは地下道で、倒れた従兄弟の側に立って思案しているケイレイを想像した。悪魔のような微笑を洩らせた、ケイレイの顔を想像した。

アントニーとビルは、ジェランドの農場から帰って来ると、池の側に腰を下した。警官達は無駄骨を折った後で、もう引揚げてしまっていた。

そこで初めてアントニーは、ビルにも今まで言わずにいた、以上のことを打ち開けた。ビルは「うん！」とか「ああ！」とか言って、アントニーの話をジッと聞いていたが、アントニーが話し終ると、「それでケイレイはマークの屍体を、今夜この池に捨てるにきまってると君は言うんだね？」と言った。

「そうなんだ、だから僕等は、今夜はそれを見張ってみようと思うんだ」

だがそれについて、二つの問題が起ってきた。その第一は、どうしてケイレイに気付かれずに「赤屋敷」を抜け出すかという問題で、第二の問題は、どうしてケイレイが池に投げ込んだものの正体を見極めるかということだった。

そこでアントニーがこう言った。

「第一の問題は、まずケイレイの足取りから考えて行くのがいいと思う。まさかケイレイは僕等がこれまで見抜いているとは思わんだろうが、煙たがっていることは間違いない。いや、僕等だけではなしに、家《うち》にいるもの全部を煙たがっているに違いない。だが僕達には頭があるという点で、召使達以上の煙たさを感じていることは確かだと思う」アントニーはパイプに火をつけてから先を続けた。

「だから今夜何かを池に隠そうとしているのが事実とすれば、僕達が万が一にもそれを気付いていはすまいかと、警戒するに決ってる」

「それゃア間違いないだろう」

「だから、ケイレイは屍体を――いや、ひょっとすると屍体ではないかも分らないから、何物かということにしておこう――その何物かを池に隠しに行く直前には、きっと僕等の様子を伺いに忍んで来るに違いない」

「では僕等は扉《ドア》に鍵を下すとしよう」

「君は毎晩扉に鍵を下して寝るのかい?」

「いいや、下さない」

「ではそんなことをしては駄目だ。ケイレイはきっと君が扉に鍵を下して寝ないことを知っているに違いない」

「ではどうする?」

「普通に眠っている風をするんだ。そしてケイレイが出て行ったら早速ここへやって来るんだ」

「それでは遅くないだろうか?」

「ケイレイは重い屍体――いや、何物かを下げて僕等の様子を見に来るはずはない。まず僕等の様子を見てから地下道へ下りて行くに決っている、だから決して遅くなりっこはないと思う。それに、ケイレイは荷物を下げて、玉転場《クリケット》の方から出るに決っているからだ」

「なぜ?」

「なぜって、聞くまでもないじゃないか? 池にそれほどまでにして隠さなくてはならないほど大切なものを家の中を通ったり、家の側を通ったり、むき出しの芝生の上を通ったりして運びそうな道理がないじゃないか」

「うん君の言う通りだ。なるほどね。ではそれで抜け出す方法はいいとして、その次ぎにはどうするんだ?」

「その次ぎには、ケイレイが何物かを投《ほう》り込んだ場所を正確に知ることだ」

「後でそれを釣り上げるためにだな?」

「そうだ。だが勿論、遠眼に何と分るものだと、それの必要はなくなるんだ。警察に知らせれゃそれで済むんだから。だが遠眼に分らない場合には——君は水に潜《もぐ》ることが出来るかい?」

「出来るがなぜだ?」

「君に潜ってもらって、それを上げてみる必要があるからだ」

「潜るのかい?」

「仕方がないじゃないか。ワトソン、承知してくれるだろうな?」

「仕方がないや。だが、どうしてその所謂《いわゆる》何物かを投げ込んだ場所を正確に知ることが出来るんだ? 幾度も幾度も潜らされるのは困るからな」

「それにはいい方法があるよ。向うを見給え」

アントニーが指差した方角には垣根があった。

「あの垣根を使うんだ」

「あの垣根を?」

「そうなんだ。あの垣根で方角を決めるんだ」

「僕にはまるで分らんな」

「いいかい、夜、僕達はここへ来たら、あの垣根の後《うしろ》に立って、身を隠しながらケイレイの様子を探るんだ。それからケイレイが舟に乗って漕ぎ出して行く。きっとケイレイは、池の真中まで行くだろう。そして舟を止めたなら、君はこの松の木と舟を結んで直線の延長線が垣根に接するところに印を付けておくことにする。僕は僕で、ずっと向うで君と同じことをすることにする。分るだろう、そしていよいよケイレイが池を引揚げて帰ったら、その印の上に手拭《タオル》なり何なり、白いものがいいと思うが、夜眼にもよく見えるものを置くことにする。それから二人はボートに乗る。まずこの松と君の印が見える方向に進んで行く。そして僕の印と、今一本僕の決めておいた松とが一直線に見えるところへやって来たら、そこでボートを停めて、君に潜ってもらうことにする。名案だろう」

「なかなか名案だ」

それだけ言うと、アントニーは時計を見た。時間はもう早や、夕食の着更えをしなくてはならない頃になっていた。そこで二人は立ち上って家路についた。

「だが、もう一つ心配事があるんだがね」

歩きながらアントニーがまた言い出した。

「というと?」

「ケイレイは何物かを池に投げて家へ帰ると、きっと再び僕等の様子を探りに来るだろうと思うんだ」

「なるほどね。僕等が池の底の泥掘りをしている間にだね」

「うん、だから何とかして、僕等が安らかに眠っているという証拠を見せてやらなくてはならなくなるんだ」

「そうだな。どうだろう、服や何かで、人形を作って、それを身代りにしておいては？」

「そうだ。なかなか君も頭がいい。それから腕も一本作ってだな、腕を投げ出して眠っているように見せかけるんだ。それから椅子の上にシャツや洋服を脱ぎっ放しにしておくのも忘れてはならないぜ」

二人が広間に入るとケイレイがいた。彼は二人に頷くと時計を出して、

「もう着更えの時間ですよ」と二人に言った。

「ええ、早速着更えて参ります」ビルが答えた。

「手紙は渡して下さったでしょうな？」

「ええ確かに渡して来ました。そしてお茶をよばれて来ました」

「どうも有難う、どんな様子でした？」

「今度の事件を大変悲しんでいると伝えてくれとのことでした」

「そうですか」

それだけ話が済むと、二人は二階へ上って行った。アントニーはビルと別れて自分の部屋へ行く時に、「階下《した》へ行く前に、僕の部屋まで来てくれよ」と一言いった。

「承知した」

アントニーは寝室の扉《ドア》を閉めると窓際へ行った。そして窓を開けて外を見た。彼の寝室は丁度裏口の上にあって、書斎の突き出した壁が左手に見えていた。だから、戸口の上の小さな屋根へ抜け出して、樋を伝って下に降りるのは容易だった。

それだけ調べてしまった時に、ビルが彼の寝室に入って来た。

「さあ、最後の訓辞を仰ごうか?」

「いや、もう別に言うことはないが、この家を抜け出す時には、まさか階段からも降りられんだろう? だからこの窓から、あの戸口の上の屋根に出て、下へ降りることにしようじゃないか。戻って来る時も同じコースだ。だから、ケイレイが階下へ降りた様子がしたら、すぐにここへやって来てくれ。それから、音は禁物だから、テニス靴を穿いて来るようにして欲しいね」

第十七章　トランクの中

その夜ケイレイは上機嫌だった。食事が済むと散歩をしないかと二人を誘った位だった。それで三人は庭へ出た。そして暫く散歩をしたが、お互いにあまり喋ろうとはしなかった。

それから三人で球突き《ビリヤード》をした。それが終ると酒も飲んだ。

十一時半になると、ビルがアントニーを、

「もう寝ようじゃないか？」と促した。

「うん、寝よう」アントニーは残った酒を飲み干すと、ケイレイを誘うように顧みた。

だがケイレイは誘いに応じようとしなかった。

「まだしなくてはならない仕事が一つ二つ残っていますから、私にはおかまいなしに先にお寝《やす》みになって下さい」

「ではお先に失礼します」

「お寝みなさい」

「お寝みなさい」ビルも言った。

二人は階段の上にあがると、も一度、今度は二人同志で、「お寝み」を取り交わして別れてしまった。

ビルはアントニーに別れて寝室に入ると、まず箪笥の抽斗を開けた。そして今夜着て行くものの用意にかかった。黒の上衣に黒のズボン、鼠色のワイシャツ、タオル、それからテニス靴――それで着て行くものの用意は整った。ではいよいよ人形の製作に取りかかろう……

そうしてビルが寝台《ベッド》に潜り込んだのは十二時十五分過ぎだった。これから幾分待たなくてはならないのだろう。ビルはそう思いながらカーテンを引いて電気を消した。だが、それからもなかなかケイレイは現れなかった。

ケイレイが終《つい》にやって来た時までに、それからどれ位の時間が経過しただろう？　十分だったろうか、一時間だったろうか、まるでビルには見当がつかなかった。酒を飲んだために、ともすれば襲いかかろうとする睡魔と闘っていた時である。

何者かが跫音を忍びながら、廊下を忍び寄る気配がした。ビルは慌てて眼を閉じた。と、確かに次いで彼の部屋の扉《ドア》の開く音がした。次いで、明らかに何者かが、自分の背後に忍び寄って来る気配がした。と同時に、ビルは背筋に激しい悪寒の走るのを感じた。全身に恐怖を感じた。自分の背後にいるのは殺人犯人なのだ。早く出て行ってくれ。なぜ早く出て行ってはくれないのだろう。

が、漸く扉の閉る音が微かに響いた。同時にビルは深い溜息をはーッと洩らした。

それからビルは百の数を数え終ると部屋を出た。それから暗がりで音を立てない範囲で、出来るだけ迅速に身支度をした。それから人形を床《とこ》に寝かせ、戸口に立って聴き耳を立てた。それからそっと扉を開けた。外は森閑と静まっている。階下《した》には火影一つ見えない。よし！　ビルはいよいよ廊下へ出た。そしてそっと、爪先だけで、アントニーの部屋へ行って中に入った。

その時アントニーは未だに床の中にいた。そこでビルは寝台へ近付こうとした。と、部屋の中に人

の動く気配がする。ビルははッとして立ち停った。と、

「ビル、万事O・Kだ」と低い声が近くでした。

アントニーは既に用意を整えて、部屋の隅にいたのである。床の中の人影は人形だったのである。

「さあ、では出来るだけ急ごう」

アントニーがそっと窓を開けて、まずさきに外へ出た。ビルはその後から無言でアントニーに従った。やがて二人は地面の上に降りていた。それから二人は芝生を越えて庭の叢林《しげみ》に入って行った。

「どうだった？　ケイレイは現れたか？」

叢林に入ると、初めてアントニーが口を開いた。

「来た。君の方は？」

「勿論来たよ。それはそうと、まさか君は着更えをするとき電気をつけはしなかったろうな？」

「そんな馬鹿なことをするものか」

「それで僕は安心した」

池は水面《みなも》を灰色に見せて眠っていた。周囲《あたり》の樹々は無気味に静まり返っていた。それは二人に、この世からひどくかけ離れた、未開の世界のような印象を与えた。

二人が昼間坐った叢林の近くまで来た時に、

「君の松はあれだよ」とアントニーが囁いた。「では君は、あの松を照準にして、垣根の後《うしろ》からボートの見当《めあて》を調べてくれ。いいかい、この垣根の後《うしろ》にさえいれば、決して相手に見られることはないんだから。それから、相手が帰ってしまっても、決して動かないようにして欲しい。いよいよ池に投げ込んだものを探しに出かける時には、僕の方から誘いに来るから、その間に十五分位はかかるかも分

らないが、辛抱して待っててくれなけりゃいけないぜ」

「承知した」ビルも小声で返事した。

するとアントニーはビルに微笑を見せてから、自分の持場へ去って行った。

時間の過ぎるのは遅かった。それから幾分経っただろうか？　草を分ける微かな跫音が遠くに起って、やがて大きな鞄《トランク》を下げたケイレイが池の水際に現れたのである。

それからケイレイは鞄をボートの中に入れた。次いで自分も乗り込んだ。それからオールを動かし始めた。ボートは池の中心に向って進んで行く……

が、やがてボートは池の真中頃で停められた。オールは水に流された。と、まもなく股の間から、ケイレイは大きな鞄を取り出した。それからそれを水につけた。きっと鞄の中に水の浸み込むのを待つためだろう。それから終《つい》に手を離した。鞄は同時に見えなくなった。だが、ケイレイは暫くじっと水面《みなも》に視線を注いでいて、直ぐには戻ろうとしなかった。いずれ、鞄が浮きはしないかと、それを見定めていたのだろう。

それから岸へ戻って来た。それからボートを杭に繋いだ。それから周囲《あたり》に、心配そうな視線を注いだ。そして今度は池の方に向きなおると、長い間、じっと水面を眺めていた。だが水面はただ一色の灰色で、鞄の浮き出した気配はない。浮き出しそうな気配もない。終にケイレイは満足して、家の方へ戻って行った。

それから十五分して、再びアントニーとビルとは顔を合せていた。

「垣根に印をつけるのを忘れなかったか？」

「うん、忘れはしない。ここだ」

「ではそこにそのタオルを掛けとき給え。僕の方にも白いタオルを掛けて来た」

ビルはアントニーに言われるままに、垣根の上に白いタオルをひっ掛けた。

「ではいよいよ、君に水の中に潜ってもらわなければならなくなったが、君はここで着物を脱ぐか？

それともボートの中で脱ぐか？」

「そうだな、上衣とズボン位はここで脱いでおくことにして、後はボートで脱ぐことにしようか」

ビルが上衣とズボンを脱ぐのを待ってから、二人は水際へ近づいた。それから今し方ケイレイの乗り捨てたボートに乗って、池の中心へ漕ぎ出した。漕手にはアントニーがなったのである。

「いいかいビル、まず君の松とタオルの一直線上へ来たら知らせてくれよ」

アントニーはボートをゆるやかに池の中心へ向けて進めて行った。

「来た。一直線上に来た」

ビルがそう合図をすると、アントニーは漕ぐ手を休めて振り返った。

「うん、なるほど一直線に見える」それから彼は舟の位置をその線上に重ねてから、線の上を池の中心に漕いで行った。

「僕の方の松とタオルは見えるだろう？　今度はその二つが一直線に見えるようになったらいよいよストップだ。ゆっくり漕いで行くから、その時にはストップと言ってくれ」

やがてビルは、

「ストップ」と言った。それから「あ、少し過ぎた。少しバックだ。も少し、過ぎた。少し前。それでよし」と位置を直した。

アントニーはオールを捨てて振り返った。確かに両方の線はボートの位置で交錯している。

「ではいよいよ君に潜ってもらわなくてはならなくなった」

ビルはシャツと靴を脱いでボートの真中に立ち上った。それを見ると、

「おい君」と、アントニーは慌てて言った。「飛び込む心算《つもり》でいるのかい？　いくら池の真中で、ケイレイの帰った後にしたところで、それは少し無謀じゃないか。そっと舷側《ふなべり》から滑り込まなくてはいけないよ」

ビルはそれで、ボートの艫《とも》から水に入った。それから静かにアントニーの前の方まで泳いで行った。

「どうだい？」

「とても冷い。ではいよいよ潜るよ」

ビルはそう言ったかと思うと、舟底を蹴って水を潜った。さッと白い泡が水面《みなも》に立ったと思うと、そのまま姿は見えなくなった。アントニーは揺れるボートを静めてから、岸の目印を再び見て、ボートの位置を元に戻した。

と、まもなく、ビルはアントニーの背後《うしろ》に廻って現れた。そして、

「とても底は泥深くて分り悪《にく》い」と報告した。

「藻はないか？」

「幸いに藻はない」

「ではも一度潜ってみてくれ」

ビルは舟底を再び蹴って、水の中へ潜って行った。再びアントニーは舟の位置を元になおした。と、
今度はビルはアントニーの前の方に浮き上った。

「今度も駄目だ。まだ分らない」

「では済まないが、も一度潜ってくれないか」

「勿論見つかるまでは探す心算だ。がちょっと息を継がせてくれ」

ビルは舷側につかまって暫く休んでから、三度《みたび》水底《みなぞこ》に沈んで行った。そして今度は水の中に一分近く潜っていたが、出て来ると、いきなりアントニーの顔を眼掛けて、口に含んだ水をちゅッと吹き掛けた。

「無茶をするなよ！」

と同時に、

「とうとう見つけた」とビルが言った。「だがとても重くて上げることが出来ないんだ」

「そうか、有難い！　ではこれで引揚げるとしよう」アントニーはそう言うと、ポケットからかなり太い針金の巻いた束を取り出した。「ではも一度潜って、この先を鞄の手に括りつけてくれ。それから二人で引揚げよう」

「ようし」ビルはそう言うと、針金の端を持って四度《よたび》水中に潜って行った。

それから二分間の後には、鞄は無事にボートの中に上げられていた。そして、アントニーはボートを再び漕ぎ出していた。

岸に着くと、鞄を下げて、二人は一先《ひとま》ずビルの上衣やズボンのある処まで戻って行った。そしてビルが身体を拭いている間に、アントニーは彼の持場へ戻って行って、目印のタオルを取って戻って来た。そしてビルがちゃんと服を着てしまうと、アントニーはポケットの中に手を入れて、

「鞄を開ける前に、まず一服しようじゃないか？」と呈案した。

ビルも直ちに賛成した。それで二人はパイプに煙草を詰めてから、用心してマッチを擦って一服し

た。が、パイプを持ったビルの指先は微かだったが顫《ふる》えていた。それを見るとアントニーは、ちょっと笑顔を見せてから、

「用意はいいか?」とビルに言った。

「いいよ」

いよいよ二人は鞄を間に挟んで、向い合って、腰を下した。そして——アントニーが鞄を開けた。と、ビルが、中を覗いて、

「服だ!」と叫んだ。

ビルが叫んだ通り、鞄の中には死骸はなくて濡れた茶色の服が入っていたのである。

二人は黙って、暫く顔を見合せていた。恐らく二人は張りの抜けたのを覚えたのだろう。が、同時に助かったような気持を感じたことも、確かだろう。

が、暫くして、アントニーがまず最初に口を開いた。

「君はこの服に見覚えがあるか?」

「ある、マークの服だ」

「マークが逃げた時に着ていたように言われていたのがこの服じゃないか?」

「そうだ。それに間違いないと僕は思う。だがマークは服を沢山持っているから、確かにそうだとは僕には断言出来ないが」

アントニーは水に濡れた上着を鞄から取り出すと、全てのポケットを調べてみた。すると胸のポケットから、皺になった手紙が出てきた。

するとアントニーが、

「この手紙を見れば、服の持主が分るはずだ。見てみよう」

そう言うと、アントニーは懐中電灯を取り出して照《てら》してみた。と殆んど同時に、

「間違いない。マークの服だ！」と小さく叫んだ。「しかもケイレイが刑事のバーチに言っていた、あのロバートからの手紙なんだ。後でゆっくり読むとしよう」

それから彼は、鞄の中味を一つ一つ取り出した。それはシャツと、ネクタイと、靴下、下着、靴で全部をなしていた。

「みんな昨日マークの着ていたものだろうな？」

「そうだと思う」

「ところで、君はこれを見てどう考える？」

ビルは暫く頭をひねっていたが、答えの代りに、逆にアントニーにこう訊ねた。

「それより君はどう思う？」

するとアントニーは笑い出した。

「どうも僕にも分らない。僕は多分——言わなくとも、僕の予期していたものは、君にはちゃんと分っているはずだ。マークの屍体だったんだ。服を着ているマークの屍体だったんだ。なるほど服と屍体を別々に隠すといったやり方は、一緒に隠すよりは安全な方法かも分らない。だが、屍体の方を池に隠して、着物の方を地下道の中に隠すというのならば、分るんだが、これほどまでに骨を折って、着物の方を池に隠したとなってくると、僕には見当がつかなくなる」

アントニーは頭をかしげた。

「その他には何も入っていないのかい？」

するとアントニーは鞄の中を手探りしながら、

「石が入っている」とそれに答えた。それから、「まだ何かある」そう言って小さなものを取り出した。

それは書斎の鍵だった。

それから、アントニーは、再び鞄の中を手探ってから、静かに鞄を逆さにした。すると大きな石が十ほどと、何か金属性の音のするものが転り落ちた。アントニーは早速懐中電灯で照しながら、地面の上に、その金属性の音のしたものを探していた。ところがまもなく、

「鍵がも一つあった」と彼は言った。

それはどこの鍵かは分らなかった。だがアントニーは書斎の鍵とその鍵とを一緒にポケットに入れてしまった。それから黙って長い間考え込んだ。ビルも仕方なく黙り込んだが、暫くしてから口を開いた。

「みんな鞄に入れようか？」

アントニーはその声を聞いて、初めて我に返ったようにはッとした。そして、

「うん入れてしまおう。それから鞄は、どこかに隠すことにしよう」

服を鞄の中に入れてしまうと、二人は立ち上って草叢の中に入って行った。そして人眼につきそうにないところを選んで鞄を隠した。

それから二人は再び草の上に腰を下した。するとアントニーはポケットから鍵を二つ取り出して、

「この中の一つは書斎の鍵に間違いなかろうと考える。そしても一つのこちらの鍵は、地下道の扉《ドア》の鍵だと僕は思う」とビルに言った。

「そうかしら?」

「僕はきっとそうだと思う」

「とすると、どうして池になど投げたんだろう?」

ビルが不思議そうに訊き返した。

「それはもう仕事が済んでしまったからだ。仕事が済んでしまったから、地下道にはもう用がなくなってしまったからだと僕は思う。出来れば犯人は、鍵だけでなしに、地下道ごと永久に捨ててしまいたい気持でいるに違いないんだ。が、とにかく地下道の鍵らしいものが手に入ったんだから、一応は地下道の扉の中を調べてみたいと僕は思う」

「では君は、未だにマークの屍体は地下道の部屋にあると考えるんだね?」

「いや、今ではそうは断言出来なくなってしまった。だが、僕の推定が全然根底から間違っていて、ケイレイがマークを殺したのではないという証拠の上らない以上は、やはりそう考えたくなるのは仕方がない」

するとビルは、自分の考えを述べたものかどうかと躊《ため》った様子をした後に、

「君はこんなことを言うと、僕を馬鹿だと思うかも分らないが——」

と言い出した。

「いや、僕は今では僕自身も馬鹿だと思っている。だから君がたとえどんなことを言おうとも、馬鹿だなどとは言いはしない」

「では言うが、僕達が最初に考えた通りに、マークがロバートを殺して、ケイレイがマークの逃走を助けたのだと、もとに戻して考えてはどうだろうか? 君はその後、その不合理である点を指摘した

が、この事件の進行が、僕達の想像外の発展をしたために——この世の中には不合理中の不合理と思われるようなことだって存在し得るんだから——僕達の理論は合っていても、実際とは合っていなかったのだという風に考えることは出来ないかしら？」

「君のいうことは当っているかも分らない。それで？」

「そう言われては恥《はずか》しいんだが、僕がこんなことを言い出したのも、実は逃走説にしてみれば、今の服の説明が実にはっきりしてくると思われるからなんだ。つまり、マークが事件の起った午後には茶色の服を着ていたことは、警察が知っている。だから逃走する前に、まずマークを地下道に隠れさせて、着更えをさせたと考えるんだ。とすると、茶色の服をこれまでにして隠さなくてはならない理由も説明がつく」

「なるほど。だがそれにしては下着や靴下まで取り更えたのは少し変じゃないかしら？　そんなことをしていては、徒《いたず》らに逃走の時間を遅らせるだけの結果にならないかしら？」

するとビルははたと詰った。それからひどく失望したらしく、「なるほど！」と唸るような声を出した。

「まだ下着や靴下だけなら説明も何とかつくんだが、それ以上の大きな問題がここにあるんだ。というのは、何故《なにゆえ》マークが逃走の際に、茶色の服を、青なり黒なりの服に着更えなくてはならなかったかということなんだ」

「だが警察の人相書にはマークは、茶色の服を着ているとちゃんと書かれていたんだよ」

「なるほどな、警察の人相書にはそうなっていることは、僕だって知っている。だが、その人相書を提供したのは誰なんだ？　ケイレイじゃないか。ケイレイがマークの逃走を事実助けていたとすれば、仮りにマークが茶色の服を着ていたとしても、午後にはマークは青なり黒なりの服に着更えていましたと、偽証が出来そうなはずじゃないか？」

とその時、ビルが、

「分った」と叫びを上げた。「何て僕達は馬鹿だったんだろう。マークは午後には黒なり青なりの服を着ていたんだ。それをケイレイは茶色の服だと警官に偽証したんだ。その結果、警官にマークの服を調べられて、茶色の服を着て逃げたはずなのに、家に茶色の服が残っているのが見付かると大変なものだから、それを隠そうとしたんだ」

そう言うと、ビルは得意気にアントニーを顧みた。だがアントニーはそれには何とも答えなかった。それでビルはなおも言葉を続けようとした。ところがそれをアントニーは手で制した。

「暫く黙っていてくれ。君の話が僕には大分参考になった。それで色々と考えてみなければならないことが出来たんだが、今この問題は打切りにしよう。そして寝床に入る前にちょっとばかり地下道を覗いてみることにしようじゃない？」

だが地下道の扉《ドア》の中には何もなかった。（鍵は確に地下道の扉の鍵に相違なかった）ただ古い酒の壜が数本あっただけだった。

だがアントニーは、部屋の中に四つ匍いになって、懐中電灯を照しながら、何かを熱心に探していた。

「一体何を探しているんだ？」

ビルが不思議に思いながらそう訊ねると、

「鞄の中になかったある品物を探しているんだ」とだけアントニーは答えた。それから立ち上って膝の埃を叩き落すと、扉に元通り鍵を掛けて外へ出た。

第十八章　推理と疑問

　審問は午後の三時に行われることになった。とすれば、アントニーも「赤屋敷」に長く世話になってることも出来なくなった。それで朝の十時には、彼は荷物を纏めていた。そこへビルが入って来て、手廻しのあまりにいいのに驚いた。

「馬鹿に慌てているんだね？」

　するとアントニーがそれに答えた。

「いや、別に慌てているんじゃないんだ。だが審問が終ればここへ戻って来たくないからなんだ。君も荷物を纏めないか。それからゆっくり話したいこともあるんだから」

「ではそうしよう」ビルは答えて部屋を一旦出ようとしたが、再び後に戻って来て、「ではアントニー、僕も『ザ・ジョージ』に泊るとケイレイに言うのかい？」

「いや、表向きは倫敦へ帰るように言っておくんだ」

「ほう！」

「それで荷物は、審問が済めば直ぐに汽車に乗れるように、スタントンの駅へ届けておいてもらうんだ」

「では僕は、一体どこに泊るんだ？」

「表向きは倫敦の君の宿へ帰る事にする。だが実際は僕の寝床で一緒に寝るんだ。勿論それは『ザ・ジョージ』に余分の部屋のない場合だがね。僕は君の寝間着とブラシと、その他身《た》の廻りの必要品は、ちゃんと僕の鞄の中に入れておいた。その他にも何か必要品が君にはあるかね？　ない。では、早速部屋へ戻って、荷物を一纏めに纏めて来給え。それが出来たら、一緒にどこかで大いに論じ合おうじゃないか？　僕は是非とも、君に話したいことが沢山あるんだから」

「ようし」ビルはそう答えると、彼の部屋へ戻って行った。

それから一時間の後《のち》には、二人はケイレイに出発の意志を伝えてから、家から離れた樹立《こだち》の中に腰を下していた。

腰を下すとビルが言った。

「さあ、その話というのを聞かせてもらおう」

するとアントニーが語り出した。

「僕は今朝風呂の中で大分収獲を得たんだ。その中で一番大きな収獲は、僕等がひどく馬鹿だと気付いたことだった。というのは僕等はこの問題を、間違った出発点から考えていたということが分ったからなんだ」

「うん」

「つまり僕達はマークやケイレイのことばかりを考えていて、ロバートのことを少しも考えにおいていなかったという間違いを仕出かしていたんだね」

「だが僕等はロバートについては殆んど何も知ってはいないじゃないか？」

「それはそうだ。だが知っているだけのことを考えてみようじゃないか、まず第一に、ロバートのことで我々の知っていることというのは、仕方のない無頼漢らしいということだ」

「うん」

「それから、ロバートからマークに出した手紙によって、ロバートが一昨日ここへ来るとの通知を出していたということだ」

「うん」

「ところでここに、一つ頷けない問題が起って来る。その問題とは、なぜマークが、そんな無頼の兄が来るということを、君等に知らせたかということなんだ」

「それゃア、別に問題でも何でもないと僕は思うな。マークが僕等にそんなことを言ったのは、いずれ僕等がその兄さんに逢わねばならないと思ったからだと考える」

「だが君達はゴルフをしていて家にいなかったのではないのかい?」

「ロバートの来る時分には勿論いなかったさ。だが、もしロバートが泊るとすれば、早晩僕等は逢わずにいられなくなるじゃないか」

「そういう風に君が説明してくれれば、それで僕も頷ける。そうなんだ。マークはロバートが泊ることを予めちゃんと知っていたのだ。また、ロバートを直ぐに家から追い出すことの不可能なことも、マークは予め知っていたとも取れなくはない」

ビルはじッとアントニーの顔を見ながら促した。

「それから?」

「またマークはこんなことも予め考えていたのだと考えられる。つまり、君等が兄に逢ったとすると、直《ただ》ちにその性質を見破ってしまって、不快を感じるに違いないということだ」

「それゃア、君のいう通りだろう」

「だが、それにしては、マークはそうした決心を、あまりに短時間にやってのけたきらいがないか？」

「というと？」

「つまり、マークがロバートの手紙を読んだのは朝食時だ。そうだろ？　そして君等にロバートの来るのを知らせたのはいつだった？　読むと直ぐではなかったか？　とすると、マークはほんの一瞬間に、二つの結論を見出していたことになる。つまり、きっとロバートは君等の帰って来る前には帰らないだろうと結論し、ロバートは君等にきっと不快を与えるに違いないと結論していたことになる。手紙を読んでいる間に、こんな結論を二つ見出して、だから君等に兄貴の来るのを知らせた方がいいと決心したにしては、あまりに早過ぎはしないかしら？」

「というと、つまりどうなるんだい？」

「つまりは？」だがアントニーはそれには答えようとはしないで、パイプに煙草を詰めて火をつけた。それから、「その説明は暫く待ってもらうとしよう。そして今度は、違った方向から、二人の兄弟を見るとしよう。それにはこの間聞いた、ノーバリイ夫人の言葉からまず考えてみなくてはならない」

「ノーバリイ夫人の言葉って？」

「君はまだ覚えているだろう。この間ノーバリイ夫人を訪ねた時に、マークはいつロバートの来ることを知らせてきたと夫人は言った？　ロバートの来る前日、つまり、ロバートの手紙の来たのは火曜日だのにその前日にそれをちゃんと知らせていたというではないか？　この矛盾を君はどう考える？」

「それは偶然の暗合だったんじゃあるまいか?」

ビルは考えながら言った。

「だが偶然の暗合にしては、妙だと僕は思うんだ。それに、マークがそんなことをノーバリイ夫人に言いに行った時の情況にも妙なところがありはしないか?」

「というと?」

「その朝マークは自動車で、何かの用事でミドルストンへ出かけ、その途中でノーバリイ夫人を訪ねたというじゃないか?」

「それが?」

「ビル、マークは自動車に乗っていたんだぜ。自動車ではジェランドの農場のどの辺まで近づける」

「六百碼《ヤード》ほど離れたところまでしか行けない」

「その通りだ。しかもマークは、何かの用事で、ミドルストンへ出かける途中に、車を停めて、わざわざ、その六百碼の道を歩いてまでノーバリイ夫人を訪ねて、『ノーバリイさん、今まで言いませんでしたが、私には実はお恥しい兄が一人あるんです。その兄が明日オーストラリヤから戻って来ると言って来たのです』などと伝えに行ったというのは妙じゃないか?」

ビルは眉を顰《ひそ》めて考え込んだ。

「で僕の言いたいのは、そこには、直ぐにもノーバリイ夫人を訪ねて言わなければならない何等かの理由があったに違いないということなんだ。が、それはとにかくとして、この事実からすると、ロバートが帰って来ることをマークが知ったのは、どうしても火曜日ではなくて、月曜日の朝であったとしなくてはならなくなるね」

「だが――だが――」

「とすると、マークの決心があまりに早かった点の説明も立派につくはずだ。マークは前日にロバートの帰って来ることを知っていて、翌朝になって何喰わぬ顔で君等に話したのだと考えれば、少しもマークのその時の言葉に矛盾は見出されなくなって来るだろう」

「だが君は、ロバートからの手紙をどう説明するね？」

「君がそう質問するのなら、手紙について説明しよう」

アントニーはポケットから手紙を出し、それを草の上に拡げた。


「明日お前の愛する兄が、遥々《はるばる》オーストラリヤから帰って行こうとしていることを予めお知らせする。だからお前は驚かぬように、それから嘘にも嬉しそうな顔で迎えてくれることを希望する。大抵三時頃に訪ねることになるだろう」


「封筒は生憎ないので、消印は分らないが、この手紙だけについて見ると、日附といっては『明日』だけしかない訳だ。明日だけなら、月曜日は日曜日の明日になり、火曜日は月曜日の明日になる。だから、この手紙では、マークが手紙を受け取ったのは、火曜日の朝だったという証明は成立しない」

「だから君は、この手紙は月曜日に受け取ったものだというんだね？」

「そう考えたいんだ。いやそう、考えるより道はないと思う」

「だがそう考えると、この事件に立派に説明がついてくると考えるのかい？」

「いや、そう考えると、いよいよ説明が困難になる」それから暫く黙り込んで、「ひょっとすると、今日の審問を聞いてみたら、何等かの曙光を得るかも分らないと思っているがね」と付け加えた。

それから二人は暫く各々《めいめい》黙っていたが、

「話は変るが」と、ビルがやがて沈黙を破った。「昨夜《ゆうべ》聞こうと思っていたんだが、昨夜は何かあの地下道で、君は得るところがあったのかい？」

するとアントニーは考えながら、

「昨夜？」と言った。「うん、昨夜は少しは得るところがあった」

ビルはその答えを聞くと、アントニーの言葉の続きをじッと待った。きっとアントニーは、何かを地下道で見付けたとでも言い出すのではあるまいか？

が、アントニーの答えはビルの期待と大いに種類が違っていた。

「僕は昨夜以来、マークが殺されているという考えを捨てなくてはならなくなった。マークが殺されているという考えと今言ったが、マークがケイレイに殺されたという考えのことなんだ。というのはケイレイがマークを殺したとすれば、屍体の方はそのままにして、着物の方をああまでして隠す必要はないと思うからなんだ。だから、ケイレイにとって隠さなくてはならないほど大切なものは、マークの着物だけなのだ、屍体は関係なく、着物だけなのだという事実を肯定しなくてはならないことを知ったのだ」

「だがなぜ、その着物を地下道に隠すだけで満足出来なかったんだろう」

「ノリス嬢が地下道を知っているから、地下道では安心出来なかったんだろう」

「なるほど。では彼の寝室とか、マークの寝室とかへそのまま置いておいてもかまわなかっただろうにと僕は思うよ。君も僕も、それから多分は他の者も、マークがまさか茶色の服は一着しか持ってはいないとは思うまいから」

「それはそうだ。だが、ケイレイはそんなことでは安心することが出来なかったろう。茶色の服は秘密を守っている。だからケイレイは、それを適当な処へ隠さなくては満足することが出来なかったんだ。理論としては、人眼に最もつき易いところが最も安全な隠し場所であると考えられる。が、さて実際の場合になると、それではあまりに心もとなく思われるに違いないんだ」

と、ビルは暫く黙り込んでから、

「やはりこの事件は、マークがロバートを殺して、ケイレイがマークを逃してやったとした方がいいのではないかな？」と言い出した。

「下着や靴下まで更えているのは変だと君は昨夜言ったが、そんなことは何とでも直ぐに説明がつかないかしら。例えば兇行の後で、シャツは皺になっていたし、靴下には泥がついていた、だから更えたという風なことはあり得ることだと考えられるから」

「なるほどね。だが僕には、それにしては一つ不可解な点があるんだ。というのは、逃走の直前にワイシャツや靴下などを取り更えていながら、何故カラーを更えなかったかということなんだ」

「カラー？」

「そうなんだ」

「僕には君の言うことが分らないが――」

「昨夜池の中から上げた鞄の中にカラーがあったかしら？　ワイシャツや靴下やネクタイなどがありながら、カラーだけがないというのはどうしたことなんだろう？」

「では君は、昨日地下道で何かを熱心に探していたのは、カラーを探していたのかい？」

「そうなのだ。僕はひょっとすると、ケイレイが慌てて、カラーを地下道に忘れたのではあるまいかと思ったので探したのだ。だがなかった、とすると、何かの目的があってカラーだけは隠さなかったのかと僕は思った。とすると、どんな理由からだとも考えた。またどこにあるだろうとも考えた。それから僕は、『確かに最近どこかでカラーを見ているが、それはどこだったろう?』と考えた。そして僕は一つのカラーを思い出したんだ。それはどこだと君は思う?」

と、ビルは暫く考えてから、

「そうだ、思い出した、書斎の隣の寝室の洗濯籠の中にあった!」と叫びを上げた。

「その通りだ」

「で君は、そのカラーが、鞄の中の着物と一揃いのものだと言うのかい?」

「それは僕にもまだ何とも言えない。が、あのカラーが鞄の中になかったカラー、つまり、マークが茶色の服と一緒に身につけていたカラーだとすると、そこが大きな問題が起ってくる。つまり、ああまでして服やワイシャツなどは隠しておきながら、なぜカラーだけをあんなところにおいたのか?そんな疑問が起ってくる。なぜだろう?」

だがビルには見当さえつかなかった。

第十九章　審問

証人の審問はスタントンの警察で行われたが、警察医の平凡な報告によってまず始められた。次いで刑事の情況報告があったが、それはケイレイの証言の繰り返しのようなもので、何等アントニー等には得るところがなかった。

「どうもまるで、蓄音器のような男だな」アントニーがビルにそう言った位だった。

それに次いで証人の取調べがあった。

まず証人として最初に呼び出されたのはビルだった。

ビルは色々と訊ねられた揚句に、

「君はロバートから来た手紙を見たか？」と署長に訊ねられた。ビルはうなずきながら、

「文字は見ませんでしたが、マークさんの持っているのは確かに見ました」とそれに答えた。

「では君は手紙の内容は知らないんだね？」

ビルはそう問われると、ドキンとしないではいられなかった。彼はその手紙を、その日の朝に見ていたのである！　が、彼はケイレイがその手紙の内容を刑事に話していたのを思い出して、

「マークさんはその時には誰にも手紙の内容を読んで聞かせはしませんでしたが、後で私はケイレイさんがその内容を刑事さんに話していられるのを聞きました」とそれに答えた。

「ところで君は、その手紙はマークにとっては嬉しい手紙でなかったと考えるかね？」

「ええ、不愉快なものだったに違いないと思います」

「マークはその手紙を読んで恐怖を感じたらしい様子はなかったか？」

「いいえ、恐怖を感じたらしい様子は見えませんでした。むしろ困ったというような様子でした」

「いや有難う」

するとと次いで、アンドリュウ・アモスと証人の名が呼ばれた。アントニーはそれは一体何者だろうと、鋭い視線を証人席の方へ向けた。

するとビルが、

「クリケット場へ行く途中に小屋があったろ？　あそこに住んでる門番なんだ」と説明した。

アモスは証人席に就くと、三時少し前に彼の住《すま》ってる小屋の前を、ロバートが通ったことを証言した。

すると署長は、

「その時、そのロバートは何か君に言ったかね？」とアモスに訊ねた。

するとアモスはこう答えた。

「御主人のお兄さんは私の住居《すまい》の前まで来られますと、『赤屋敷へ行くのにはこの道を行けばいいのかい？』って訊ねられました」

「それで君はどう答えた？」

「私は、『もうここは赤屋敷の中なんですが、誰方《どなた》にお逢いになりたいんです？』って訊ねました。

あなた様も御存じの通り、御主人のお兄様はどちらかと申しますと、無作法な様子をしていられたのですから、私は一応そう訊ねてみないではいられなかったのです」

「それから?」

「するとお兄さんは、『マーク・アブレットは家《いえ》にいるかね?』って訊ねられたのです。勿論私はまだこの時は、自分の前に立ってる方が、御主人の兄さんだとは知りません。それで相手の言い方が無作法なのが癪に触って、『何か御用なんですかね?』って問い返しました。するとお兄さんは、気持の悪い笑顔を見せられてから、『儂はマークの兄なんだ』って仰有ったのです。私は勿論吃驚しました。そしてお兄さんの前へ行くと、顔をつくづくと眺めたのです。なるほど御兄弟です、御主人によく似ていられたのです。それで私は自分の非礼をお詫びしてから、『この道をまっ直ぐにおいでになりますと、煉瓦建の家へ出ますから、そこで改めてお訊ねになってみて下さい』と答えたのです。するとお兄さんは、また気持の悪い笑顔を見せられてから、『なかなか広い屋敷だな、マークは景気がよさそうかい?』そんなことを仰有ったのです。その時私は、御主人のお兄さんにしては随分無作法な方と思いましたので、最《も》一度念を押してみようとしましたが、もうその時には歩き出していられたのです」

アンドリュウ・アモスは証言を終ると証人席を降りて、部屋の後《うしろ》に退《さが》って行った。そしてそこで誰かと話を始めだした。

アントニーはそれを見ると、

「アモスの話している相手は誰だ?」とビルに訊いた。

するとビルは、

「パーソンという園丁だよ」とそれに答えた。「クリケット場に行く道にアモスの小屋があって、クリケット場を過ぎて、同じ道をも少し行ったところにあのパーソンの小屋があるんだ。スタントンから赤屋敷の建物へ来るには、パーソンの小屋の前とアモスの小屋の前と、二つの小屋の前を通らなくてはならないんだ」

とその時、二人の話題にのぼったパーソンが証人席に呼び出された。

パーソンが証人席につくと、

「君もロバートの姿を見たか?」と署長が訊いた。

するとパーソンはそれに対してこう答えた。

「今も私はアモスと話をしておりましたのですが、御主人のお兄様がスタントンで下車なすって、赤屋敷に見えましたのだと致しますと、私の小屋の前もお通りにならなくてはなりませんのに、ついぞ私はお見かけ申さないでしまったのです」

「スタントンから来ればどうしても君の小屋の前を通らなくては赤屋敷へは行けないのか?」

「いいえ、それゃア他の道からも参れますが、私の小屋とアモスの小屋とは一本道に面して建っておりますので、アモスの家の前を通って赤屋敷へ参ったものがあったとしますと、どうしても私の小屋の前も通らなくてはなりませんのです」

「では君は、ロバートの通るのを気づかないでしまったのだろう」

「そうだろうと思いますが、私は丁度その頃、三時少し前のことで御座いますが、家の前で畑いじりをしていましたので、誰か通れば気付かぬはずはなかったろうと思うのです」

それを聞くと、アントニーの視線は急に輝きを増した。そして小声で、

「不思議だ!」と呟いた。

だが署長は、パーソンのこの証言にも別に不思議は感じなかったらしく、きっと仕事に熱中してしまっていた間に、ロバートは通り過ぎてしまっていたのだろうと、勝手な解釈を下してしまった。するとパーソンも、

「きっと薔薇の虫取りに熱中致しておりました間に、通り過ぎてしまわれたのでしょう」と相鎚を打った。

それからケイレイの証言があり、小間使のエルシーの証言があったが、いずれも既にアントニーやビルの知っている範囲を少しも出なかった。それから次ぎにアントニー自身が証人席に呼び出された。だがアントニーも、自分が赤屋敷を訪ねて来た時に目撃したことや、ケイレイの言った言葉位を言うに止《とど》めて、彼の頭の中のことは、少しも外に洩らさなかった。

第二十章　素人芝居

審問が終ると、アントニーはアモスとパーソンに少し訊きたいことがあるからといって、ビルに待っているようにと言い残して、どこかへ姿を消してしまった。

それでビルは署を出ると、一体アントニーは何を訊きに行ったのだろうと、心に不審を抱きながら、街の四辻に立ち停っていた。

するとその時ビルの眼に、古いポスターが映ったのである。そのポスターには、大きく「素人芝居」と書かれていて、その下に「十二月二十五日」と書いてあった。と、ビルは去年のクリスマスの夜のことを思い浮べて、一人で笑い出したのである。というのは、ビルはウイリヤム・B・ビヴァールと名をもじって、その素人芝居に「お喋りの郵便配達夫」の役を買って出たが、お喋りの郵便配達夫のはずが、科白《せりふ》につまって、黙り屋の郵便配達夫になってしまった当時の失敗を思い出したからだった。が、急に彼の笑顔は消えてしまった。去年は赤屋敷の連中とあんなに楽しいクリスマスを送ったのに、今は……そうした変転に対する感慨が涌いてきたがためだった。

その時彼の背後《うしろ》で、

「待たして済まなかった」というアントニーの声がした。「どうしてもアモスとパーソンが飲ませろと言ってきかなかったからだ」

言い終るとアントニーはビルの腕に手を掛けて、愉快そうに笑顔を見せた。

だがビルには、アントニーが愉快にしている理由が分らなかった。

「君はアモスやパーソンと話をして、何かいい手懸りでも摑んで来たというのかい？」

しかしアントニーはそれには何とも答えなかった。そしてじッと前のポスターに眼を注いだ。

それから言った。

「これは一体いつあったんだ？」

「これはって？」

するとアントニーはポスターを差した。

「ああこれか？　去年のクリスマスだ。実に滑稽な芝居だった」

するとアントニーも笑い出して、

「君の出来はどうだった？」とビルに訊いた。

「まるで駄目だった。僕はよく芝居になど出る気になったと、後で冷汗をかいたものだ」

「マークの出来はどうだった？」

「マークは成功だったよ。マークはなかなか芝居では黒人《くろうと》だよ」

「エンリー・スタッター師がマティユ・ケイ氏か」アントニーはそうポスターの下に出ている役割を読んでから、「これはケイレイのことだろう？」とビルに訊いた。

「そうだよ」

「奴さんうまくやったか？」

「思ったよりうまかった。だがマークの敵ではなかった」

「ノリス嬢は出なかったんだね？」

「ノリス嬢は黒人《くろうと》で素人ではないからだ」

アントニーはまた笑った。

「それで成功だったのかい？」

「そうだな、まあ成功と言うべきだろうな」

と急に、アントニーは、

「僕は何という馬鹿だったんだろう！　本当に馬鹿だった！」と呟いてから、「マークは今までに医者通いをしたことがあるかい？」

とビルに訊いた。

するとビルは不思議そうな顔をしながら、

「医者へならよく行ったよ。マークは身体の丈夫な方ではなかったから。だがそれが一体――」

するとアントニーは三度《みたび》笑った。

「それはしめた！」と彼は言った。「だが君はどうしてそれを知ってるんだ？」

「僕もマークに紹介されて、マークと同じ医者へ行ったことがあるからなんだ。それはウインポール街のカートライトという医者だった」

「ウインポール街のカートライト。そこへはケイレイも行ったことがあるのかい？」

「きっと行ったことがあると思うが、だが一体それがこの問題と――」

するとアントニーがビルに皆まで言わせずに、

「それが立派な手懸りになるんだ」とビルに答えた。

それから半哩《マイル》ほど二人は黙って歩き続けた。その間にビルは二、三度アントニーに言葉をかけたが、アントニーは何とも答えようとしなかった。ところがそうして半哩ほど来た時である。アントニーは突然、道の真中で立ち停って、ビルの方に向きなおると、

「一つ君にお願いしたいことがあるんだがね」と口を開いた。

「というと?」

「それは直ぐにやってもらいたい仕事なんだが、実は君にも一度スタントンに戻ってもらって駅の近くの宿屋へ行ってもらいたいんだ」

「そんな急な用事なら、行ってもいいが、一体何という宿なんだ?」

「何て宿かは知らないんだが、駅に一番近い宿だよ」

「では『白馬亭』に違いないが、どんな用事があるんだい?」

「そこの宿には酒場があるんだろうな?」

「あるにはあるが――」

「それならそこに違いない。では済まないがそこまで行って、宿の亭主と飲みながら、亭主がいなければ君一人で飲みながら、月曜の夜に泊った客の名前を調べてきてもらいたいんだ」

「では、ロバートが泊ったらしい形跡があるのかい?」ビルは急《せ》き込むようにしてそう訊ねた。

するとアントニーは落着き払って、

「それは何とも言えないが、とにかく調べてもらいたいんだ。承知してくれるだろうな?」

「承知した」

「ではこれから早速頼む」

「では行って来る」

アントニーは微笑を浮べながら、元気よく去って行くビルの後姿を暫く眺めていた。が、やがて何かを探すように、周囲《あたり》に視線を配り出した。そして漸く求めていたものを、見出したらしく、右手《めて》の小径に入って行った。するとそこには門があった。アントニーはその門の前まで行くとパイプに火をつけて、やおらそこに蹲み込んだ。それから一人で呟いた。

「では初めからよく考えてみよう」

× × × × ×

「ザ・ジョージ」にウイリヤム（ビル）・ビヴァーレイが疲れ切って帰って来たのは殆んど八時近い頃だった。アントニーはそれを戸口で迎えたが、ビルはアントニーの顔を見ると、

「食事の用意は出来てるかい？」と、まず訊ねた。

「出来てるよ」

「では早速顔を洗ってこよう。すっかり僕は疲れてしまった」

「ではそうし給え」

「では暫く待ってくれよ」そう言うとビルは階段を馳け上った。が、階段の上でちょっと振り返って、

「君の部屋でいいんだろうな？」

と声を掛けた。

「いいんだが、僕の部屋を知ってるのかい？」

「分ってるよ。あの電気のついてる部屋だろ？　うんとビールを注文しておいてくれよ」

ビルは食卓に就いて、四分目位腹を満たすと、初めて白馬亭の首尾をアントニーに報告した。が、その報告によると、意外にも白馬亭に月曜の晩に泊った客といっては、女が一人あった切りだということだった。

「女だって？」それを聞くとアントニーも意外らしい面持で言った。

「そうなんだ。僕はきっとロバートが泊った形跡があるものだから、君が僕に調べさせるのだと思ったんだが——そうだろう？——ところが女の客しか泊っていないというのさ。何でもその女は月曜の夜晩《おそ》くに自動車を自分で運転してやって来て、翌朝は早く発ったということだよ」

「ところでその女はどんな女か、亭主は君に説明したか？」

「中肉中背で中年で、黒くもなし、白くもないという顔色だったと亭主は言うんだ。そんな説明で役に立つか？」

「さあ、だがその答えは明日するとしよう。明日になったら、何もかも僕は立派に説明してみせるから」

「明日？　話すって、今度の事件が、では君には立派に解決出来たというのかい？」ビルは眼をむいて言った。

「大体は出来たが、立派に解決の出来るのには、明日まで待ってもらわなければならないんだ」

その翌朝、アントニーのもとに一通の手紙が届けられた。

第二十一章　ケイレイの手紙

ギリンガム様。

貴書によりますと、貴方は私の罪状をお見抜きになって、警察に私を殺人犯人としての逮捕令を申請されようとの意向でおいでになることが分りました。だが、それまでに私の罪状をお見抜きになっていられながら、わざわざ私まで予め御親切な警告書を下さいましたことを深く感謝するものであります。私は貴方の仰有る通り、マーク・アブレットの殺人犯人です。警官の眼は事なく胡麻化すことは出来ましたが、貴方の眼だけは、胡麻化すことが出来ませんでした。私は貴方に敗れたのです。私は貴方の前に兜を脱がねばならなくなった、自分のみじめさを感じます。それで私は、貴方にだけは、いかにして私がマークを殺害するに至りましたか、その動機は何であるか、逐一申し述べようと思います。それを貴方が警官の前で仰有ろうと、それは貴方の御勝手です。だが恐らくは、警官は私をこのまま逮捕することは出来ないだろうと思います。

それを述べますのには、十五年前の夏のある日に話を戻さなくてはなりません。その時私は十三の少年で、マークは二十五の青年紳士でした。マークはその頃から虚栄心の強い人間だったのです。今《こん》日《にち》でもこの性質には少しの変りもありません。マークの博愛主義も、根を洗えば虚栄心の一つの現れに過ぎないのです。私は手袋で左手の甲を軽く叩きながら、小さな客間に腰掛けていたマークを思い出します。それから嬉しそうにしていた、善良な母親を思い浮べます。私と弟のフィリップは急いで顔を洗わされ、新しいカラーに頸《くび》を絞められながら、遊びを途中で止めさされた不服で踵を蹴合《けりあ》いながら、マークの前に立たされた時のことを思い出します。従兄弟のマークは、私等兄弟の一人を選んで世話をしようと言い出したのです。その結果が、どうして私が選ばれるようになりましたかは、神様だけが知ろしめすところです。その時、私は十三で、フィリップは十一でした。

それはとにかくとしまして、それから私はマークに教育を受けたのです。私は公立学校へ入れさされ、次いでケンブリッヂを卒業しました。それからマークの秘書になりました。いいえ、きっと貴方もお友達のビヴァーレイ君から既にお聞き及びのことと思いますが、私はマークの秘書だけではなかったのです。マークの秘書であり、同時に土地管理人であり、財産の管理人であり、小使であり、中にも相談相手であったのです。マークは一人で生活の出来る男ではなかったのです。常に相談相手の必要な男だったのです。

忘れもしませんが、今から三年前のことです。弟のフィリップが会社の金を使い込んで、困ったことがありました。弟は私立の学校を卒業して、当時は倫敦のある会社に勤めていたのです。そして週に二磅給金《ポンド》を貰っていました。ある日、私は弟から至急に百磅の金策方を訴える手紙を受取ったのです。至急にそれだけの金策が出来なければ自分の一生は破滅になる、だからどうか私の力で、助けると思って、都合を是非にもつけて欲しいと言ってきたのです。だが私の手許には、それだけの纏った金はありません。それで一時、マークに融通を頼もうと思ったのです。私はマークにかなりの高給を貰っていましたから、たとえ借りたにしても、三月《みつき》もすれば返すことが出来たのです。だが、マークはいくら頼んでみても、百磅の金を借してはくれなかったのです。哀願し、強要してもみたのですが、徒労に終ってしまったのです。そのために私の弟は捕えられてしまいました。そのために、母はひどく心痛しまして、それがもとでまもなく死んでしまいました。だがマークは、少しもそれを悲しもうともしなかったのです。それどころか、マークの秘書に、弟を選ばないで私を選んだその炯眼《けいがん》をひどく得意がっていたのです。

私は後《のち》になって、その時無礼な言辞を用いたことを謝しました。するとマークは、寛大を装って、すぐに私を許してくれました。それで私達の間は以前同様平穏になりました。だが、もともと私を許してくれましたマークの心根といいますのが、虚栄だった訳なのですから、心の底まで穏かになっていたはずがありません。マークはそれからというものは、私を仇《かたき》のように思っていたのです。私もマークに世話になっています手前から、それを知って知らない顔をしていました。だがマークを恨む心は激しくなりこそすれ、少しも減じることはなかったのです。だが私は、決して当時は、マークを殺そうなどとは思っていなかったのです。しかし、何等かの方法で復讐はしてやろうと思っていました。だが、マークは先にも申しましたように一人では何も出来ない男なのです。私の助力を仰がなくては何も出来ない男だったのです。ですから私は、別に復讐を急いで考える必要もなかったのです。

それから二年経ちまして、マークが酒に親しみだしたことがあります。度は段々に過ぎて、身体を害《そこな》う程度にもなりました。私はその時、復讐を心に誓いながらも、その酒をとめさせたのです。いいえ？　とめることは出来ませんでしたが、節するようにさせたのです。ですから、マークがそんな酒飲みだということを知ってる人はないでしょう。と申しますのも、酒のために身体を害って死んでしまわれましては、私の復讐が出来なくなってしまうからです。その時のマークは、例えて言いますと、犠牲《いけにえ》に具《そな》える羊のようなものだったのです。丸々と肥らせておくのは、犠牲にいつでも具えられるためだったのです。だが私は、まだ復讐を急ごうとはしませんでした。

ところが、そのうちに復讐を急がなくてはならない時機が来たのです。この酔っ払いのならず者が、自分の慾望と虚栄心を満たすために、世にも純真な乙女に結婚を申し込もうとしたからなのです。貴方は先日その純真な乙女を御覧になったはずです。ノーバリイ夫人の娘の、それはアンヂェリヤ嬢だったのです。あんな純真な乙女は、例えマークが酔っ払いでないにしても、マークと一緒になって幸福になれっこはありません。ましてマークのような酔っ払いにおいておやです。

それで私はいよいよ復讐を計画しました。彼女の母親はマークの俘虜《とりこ》になってしまっていたのです。としましたら、私以外に、誰が彼女を守れましょう？　私は彼女を守るためには、公然とマークを射殺してもかまわないと思いました。しかし、私は徒《いたず》らに自分を犠牲に供してしまうのは避けたかったのです。

それで私は、色々と復讐の方法を考えました。しかし、その一つ一つをここに述べるのはやめにしましょう。が、結局私は今度のような復讐方法を選んだのです。

私のマークに対する復讐の第一歩は、赤屋敷のクリケット場に幽霊が出るとの噂を立てることだったのです。勿論マークはそんな噂は信じませんでした。だが、そんな噂を自分でも口にして、お客を怖がらせることは喜んでおりました。

次いで私のとりました手段は、ノリス嬢を幽霊に化けさせるということだったのです。私はノリス嬢に言いました。「マークは幽霊なんかいるものかと嗤《わら》っているから、一つ驚かせてやろうじゃないか？」すると女優をしているほどの彼女ですから、非常にそれに乗気になってくれたのです。それで私は、彼女に秘密の地下道を教えまして、誰にも知れずにクリケット場へ幽霊の扮装《いでたち》で出られるようにしてやったのです。（貴方は一つ智慧を絞ってこの地下道を探って御覧になりませんか？　その地下道は書庫からクリケット場まで通じているのです。マークが一年前に偶然からそれを見付けて、秘かに中で酒を飲むことにしていたのです。地下道内には小部屋がありますし、酒棚もあります。是非一度御探検をお奨めします）

それはとにかくとしまして、私達の計画は見事当りました。マークは幽霊に化けたノリス嬢の姿を見ますと、倒れるほどに驚いたのです。だが、その幽霊がすぐにノリス嬢だと分りますと――私の計画では、幽霊の正体が分ってくれなくてはいけなかったのです――今度はひどく怒り出しました。ノリス嬢を二度と再び、赤屋敷には入れないとも申しました。

が、私はそこで第三の計画に移ったのです。

つまり私は、マークを慰《なだ》めた上で、ノリス嬢に復讐してはどうかと言ったのです。マークはなかなか芝居の上手な男だったのです。ですから私は、まず彼の役者としての才能を煽《おだ》てあげた上で、十五年前にオーストラリヤへ行った兄に化けて、ノリス嬢に無理難題を持ちかけて苦しめるという方法をとってはどうかと言ったのです。

するとマークは、小さな眼を輝かせながら、いかにも名案だと賛成するように頷いてから、

「うん、ロバートにな？　だがどんな風にしてロバートに化ければいいだろうか？」と言ったのです。

それまで言えば、貴方の御想像通り、殺されたロバートが何者であったかは貴方には既にお分りになるでしょう。マークにはロバートという無頼の兄があるのは事実です。だがその兄は、三年前に既にオーストラリヤで死んでしまっていたのです。とすればどうして、火曜日に赤屋敷を訪ねてなど来られましょう。

が、話を元に戻して進めましょう。

私達はそんな相談が出来ましてからは、二日間、色々と計画をめぐらせたのです。マークはいかにしてお客を騙すかという方法を考えるだけでよかったのですが、私はその方法と同時にいかにして、偽ロバートの死と、その結果当然起る、マークの失踪とを、巧妙に隠すかという方法も考えなくてはならなかったのです。勿論幽霊の噂を立てさせました時、こうして私には細《こまか》い決定的な計画は出来上っていたのですが、さてとなりますと、よくよくも一度考えなおして見なくてはならなかったからです。

計画が出来上りますと、私は月曜日に倫敦へ行きました。そしてそこから偽のロバートの手紙を投函したのです。私はその時ピストルも買いました。それからいよいよ火曜日の朝食時となるのです。マークはロバートから手紙が来たといって、その内容を話したのです。それで、実は三年前に死んでいたロバートも、六人の証人によって、生きている者と認められるようになったのです。そして午後の三時には訪ねて来ようとしていることも皆が頭に置くようになったのです。

私達の計画では、ロバートは皆がゴルフ場から戻って来る頃に、つまりそれは三時頃ということになるのですが、やって来る。それを召使が出迎えて、マークの書斎に案内する。ところがその書斎にはマークがいない。それで召使はマークを探しに方々へ行く。がどうしたものか、どこへ行っても姿が見えない。ではマークが帰って来るまで、私がお相手していよう。そういうことになって私とロバートが書斎で差向いになって話合っている。とそこへ、ゴルフ場へ行っていたお客達が帰って来る。私がロバートをお客達に紹介する。するとロバートが初めて逢った客人達に傍若無人の振舞いをする。特にノリス嬢には皆が見ていられないような振舞いをする――そういう風になっていたのです。いや、マークの計画はそういう風になっていたのだと断っておきましょう。といいますのは、勿論私の計画はそれとは違っていたからなのです。

ではいよいよ次ぎに、現実に行われました私の計画を述べましょう。

お客等がゴルフへ行きますと、私達は早速マークの変装にかかりました。マークは書斎の隣にある寝室へ行きましてロバートの服に着更えました。二階の居間へ行って着更えをするよりは、そこで着更えをしました方が、私達二人にとって、好都合だったからなのです。私は変装して寝室から出て来ましたマークの姿を見ますと驚きました。マークとは勿論似てはいました。だが、似ていながら似てないところがあったのです。動作や姿がどことなく荒《すさ》んでいて、顔色はずっと明るくなっていたのです。よく見ると薄く化粧をしているようでした。

変装が出来上りまして、いよいよ三時が切迫して参りますと、私はマークを地下道を抜けて玉転《クリケット》場《じょう》にやりました。どうしてもマークはスタントンからやって来たように見せなくてはなりません。ですからクリケット場から外へ出ると、スタントンからやって来たという風に門番の小屋で一応声をかけて、それから赤屋敷へやって来るようにさせたのです。マークがいよいよ地下道に入りますと、私は書斎の寝室へ戻りました、マークの脱ぎ捨てた服を一纏めにして地下道へ隠しました。それから広間で本を読んでいる顔をして、マークが、いやロバートが、玄関に現れるのを待っていたのです。勿論こうしたことは、全て誰にも見られないようにと注意して行われたことは言うまでもありません。

貴方は小間使の証言をお聞きになっておいでのはずですから、ロバート、実はマークが書斎に入るまでの様子はここには省略します。その後で、つまり小間使が「寺」へマークを探しに行った間にです、私は書斎へ入ったのです。その時私の手はポケットの中に入っていました。そしてその手にピストルを握っていました。

私が書斎に入って行きますと、マークはすっかりロバートになり切って、色々と冗談口をたたきました。まあ手ならしといった形です。が、一通りその手ならしが済みますと、マークは自身の声に戻って、ノリス嬢がどんなに驚くだろうかなどと話してから「今度は儂の番だ！　見ていろ」と言ったのです。エルシーが聞いたという声はこれなのです。勿論私達は、そんな声をエルシーが聞いたとは思いませんでした。だが、後でそうしたエルシーの証言を聞きました時には、私は思わぬ収獲を喜んで、心の中でしめたッと叫んだのです。申すまでもありますまい、その証言のために、確かにマークはロバートに逢った、そしてロバートを脅迫していたとの、予期しない自分にとって好都合な情況が出来たからなのです。

ギリンガムさん、貴方には貴方が突然にこの事件のさ中に出現されたことが、どんなに私にとっては脅威であったか、御想像がつきますか？　ちょっとの狂いもないようにと計画した犯行に、突然に新しい問題が加わって来た時の、犯人の困惑はどのようなものであるか御想像がつきますか？　貴方が突然に現れたために、私の犯行にどれだけの錯誤が出来ましたでしょうか？　私には分りません。私には、まるっきり影響はなかったろうとも、大きな影響があったろうとも、どちらとも言えるのです。だが窓を開けることだけは、貴方があまりに突然に見えたために、私には出来なかったのです。もっとも、後で私はうまく、貴方に気付かれないようにして開けはしました。貴方の見えました時は、丁度私がマークを殺して一旦書斎を出まして、マークが逃走したにしては部屋の窓をどこか開けておかなくてはならない、それを忘れていたことを思い出して、再び中に忍び込もうとした時だったのです。

ですから、貴方が見えたために、私が迴道をしたといっては、これ位のことしかないのです。いいえ、まだもう一つありました。これから開けようとしている書斎の寝室の窓を貴方に見られないために――それはまだ貴方の来られた時には閉っていたのですから――書斎の裏の窓まで馳けつけるのに、遠道を走った位のことでしょう。

だのに貴方は、私の犯行を――自慢にもなりませんが、完全無欠と自信していました私の犯行を見破られましたというのは、どこに手違いがあったのでしょうか？　貴方が突然に見えましたために、窓を開けるのが遅かったためでしょうか？　迴道をしたためでしょうか？　それとも、私の完全無欠だと思った計画に、貴方の眼には粗漏な点が見えたのでしょうか？　私には分りません。

もうこれで何も言うことはありますまい。ただ一つ、マークの着物は警官によって水の搔出しをされた池の中に沈んでいるということだけを附加えておきましょう。

私はもうこの世に生きる楽しみをなくしてしまいました。私はどうしてノーバリイ嬢を愛することが出来ましょう。私は、せめて、ノーバリイ嬢に不幸を与えないで済んだことを感謝して、この世から自分の存在を抹殺してしまおうと思います。マークを殺したピストルはまだ私の手にあります。長々と書きました。ではさようなら。

マティユ・ケイレイ

第二十二章　真理は常に平凡也

「うーん！」ビルは手紙を置くと低く唸った。

するとアントニーが、

「君はきっと唸るだろうと思っていた」と微笑を浮べながら言った。

「では君は、全ての察しをつけていたのか？」

「大体は察していた。しかし全てとは言えない」

「そうか！」ビルはそう言うと再び手紙を手に取った。それから暫く眺めていたが、「君はどんな手紙をケイレイにやったんだ？　それは昨日の夜出したのか？　僕がスタントンへ行った後で出したのか？」

「そうだ」

「何と書いて出したんだ？　マークとロバートは同一人間であると書いてやったのか」

「そうだ。今朝ウインポール街のカートライト氏に電報を打って、それを調べてもらう心算《つもり》でいると言ってやった。かかりつけの医者なら顔だけでなしに身体もよく知ってるからな」

「そうか、君の昨日の夜の態度はどうも変だと思ったが、白馬亭の女の客もこの事件には何か関係があったのかい？」

するとアントニーは笑ってから、

「とにかく君には何もかも言わなければならないのだから、最初から順序立てて言うことにしよう」

アントニーはパイプに火をつけると、次のように語り出した。

「君は学校で代数を習ったろ？　『Xを求めよ』っていう奴だ。いいかね、君は代数の一つの式を与えられると、それを計算によって解いて行くね。そしてXを求めるね。だが計算の方法を知らないものは、そのXに想像で五なり六なり七なりの数を当ててみる。勿論それだって一つの方法ではある。だが、問題が面倒な時には、そんな当てずっぽうではとても解くことは出来ないんだ。今度の事件にしても、とても事件が込み入っているだけに――表面ではそうでもなかったが――計算をしないで当てずっぽうでは到底答えは得られなかったのだ。刑事等はそれを知らずに、五なり六なりを当てはめて、無理にも計算しようとしたんだ。計算の出来そうなはずはないよ。だが僕はそんな方法では満足出来なかった。飽くまで計算によって答えを出そうとかかったんだ」

「それは僕にも分っていた」

「ところで、僕がこの事件を解くに当って、決定的な鍵となったのはマークの服だった。ケイレイはマークの服を池の中に隠してしまった。この一事は、マークの服が今度の事件に大きな手懸りを提供するものの如くに、ケイレイには思われた証拠だったんだ。それで僕も、マークの服を重大視した。また、重大視して調べてみると、服だけではなくて下着や靴下まで入っているのが妙に思われ出した。下着や靴下まで入っていながら、カラーのないのが変だった」

「そのカラーは寝室の洗濯籠にあった」

「そうなんだ。と、僕はなぜケイレイがカラーだけをそんなところに投げ込んだか、その理由を考えたのだ。が、考えた揚句には、そのカラーを洗濯籠に入れたのはケイレイではなくて、マーク自身だという解釈を得たんだ。君は僕に言ったね、マークは少しでもカラーが汚れると変える男だって？」

「その通りだ」

「とするとマークは日に幾度もカラーを変えた人間に違いないと僕は思った。だから、寝室で着更えをする時も、習慣から、カラーが少し汚れているのを見て、洗濯籠に何気なく投げ込んだに違いないと思ったのだ。そして下着なんかは、みんな椅子の上に載せておいたに違いないと思ったんだ。それをケイレイが集めて地下道へ持って行ったことになるんだが、その時にはさすがのケイレイもカラー一つが欠けていることは気づこうはずもなかったんだ」

「なるほど」

「と今度は僕は、なぜマークが自分の部屋で着更えをしないで、書斎の寝室でしたかということを考えた。そして得た解釈は、彼の着更えは秘密の中《うち》に行わなければならなかったものに違いないということだった。そしてその着更えの行われた時間は、昼食と、ロバートの到着の間でなければならないと考えた。というのは、昼食時に着更えをしていれば召使に知られるからだ。知られてもいい位なら、何も秘密に着更えなどする必要はないからだ。それから進んで、ケイレイが服を集めて地下道へ運んだのはいつかとも僕は考えた。そして、それはロバートが来る前に違いないと解釈した。と、僕はこの三つの条件からXを計算して出そうとした」

「その結果得た解釈では、殺人はロバートの着く前から計画されていたということになるんだね？」

「そうなんだ。ところがそう考えてくると、ロバートからの手紙だけがこの事件の原因をなしているものだとは思えなくなった。また人殺しに、逃走用の服が着更えられただけでその他の用意が少しもなしに行われたというのも変に思われた。あまりに子供染《じ》みて思われた。またロバートが殺されるのならどこにロバートの帰って来るということを君達に知らしたりなどする理由があろう。また、わざわざノーバリイ夫人のところへ立ち寄ってまで、報告したりする必要がどこにあろう？　とすると、こうした矛盾は一体どこから来ているのか？　僕は考えたが分らなかった。だが、漠然ながら、ロバートという人間はこの事件には附随的な存在をなすものであって、本筋はケイレイのマークに対する敵意――マークに兄を殺させようとしたか、あるいは兄にマークを殺させようとしたか、その二つにあり、マークはそうしたケイレイの意志は知らずに、何等かの不可解な理由のものとに、ケイレイに力を貸していることを初めて知ったんだ」

　アントニーはそこでパイプを下へおいた。

「なるほど」

「そこへ昨日の審問で、ロバートは門番のアモスの小屋の前は通ったが、園丁のパーソンの小屋の前は通っていないことを知ったんだ。パーソンは証人席に立った時には、ひょっとすると薔薇の虫を取っている間にロバートが過ぎてしまったのかも分らないとは言ったけれど、後でようく聞いてみると、早く証人席を降りたいためにああ言ったまでで、誰一人通らなかったことは神かけて誓っていいとのことだったんだ。と、僕は、ロバートは一旦赤屋敷に入ってから、地下道を抜けてクリケット場へ出、それから再び赤屋敷に入ったものと思わなければならなくなった。とするとロバートは、公然と訪ねて来る前に、ケイレイかマークに逢っていなければならなくなる」

「それはそうだ」

「と僕は、再び服の問題に立ち帰って考えたんだ。そして、あるいはマークは変装したのではあるまいかと考えた。が、そう考えたものの、服だけは変えることが出来たにしても、顔をどうする？　そう思わなくては、いられなかった。ところがビル、僕は昨日君の見ていたポスターを見て、ロバートはマークに違いないことを知ったんだ。あのポスターにはマークの変装した姿が出ていたが、それが書斎に倒れていたロバートそっくりだったからなんだ」

アントニーはそう語り終ると、消えたパイプに火をつけて、快《ここちょ》さそうに吹かし出した。

と、ビルが、

「だが白馬亭の女の件はどうなるんだ？」

とアントニーに訊ねた。

するとアントニーはにやっとビルに笑ってから、

「こんなことを言うと君は怒るだろうと思うし、済まないとも思うんだが、あれは僕の出鱈目だったんだ」

「あれは出鱈目だって？」

「そうなんだ。僕は早く一人切りになって、例のXを解きたかったんだ。それで少しひどいとは思ったが、あんな口実を作って、君を白馬亭へやったんだよ」

するとさすがのビルも腹を立てた。

「馬鹿にするにもほどがある！」

するとアントニーは真面目になってこう言った。

「だが、僕の心も察してくれなくてはいけない。白馬亭には酒場があるかって、僕はあの時訊《き》いただろう？　そして君に、酒を飲みながら亭主に話を仕掛けてくれとは言わなかったか？　僕は君の御相手が出来れば、君と一緒に飲みたかった。君は大分疲れていて、飲みたそうな様子だったからな。だが僕には考えなくてはならないことがあった。それで僕の代りに、白馬亭の亭主を君に当てがったことになるんだ。僕は自分のためと、それからいくらかは君のためも考慮に入れて、あんな嘘を言ったのだ」

するとビルが、

「分った。だがこれからは、そんな嘘は言いっこなしで、はっきり言うことにしようじゃないか！」

と言った。

「これからって？」

「今度事件が起った時のことさ」

するとアントニーは頬笑みながら言った。

「また何か事件が起ると君は思うか？」

「起ると思うかって、君はこれから探偵に鞍代えをする心算《つもり》だと言っていたじゃないか？」

「では君は、僕と一緒に探偵をやろうというのだね？」

「そうなんだ。僕は今度の事件で、すっかりワトソンの役割が面白くなった」

「そうかい。僕もそういえばホームスの仕事がすっかり面白くなってしまった」

それから二人は頬笑み交しながら煙草を喫っていたが、ややあって、ビルが、

「あの手紙ではケイレイは自殺を仄《ほのめか》すようなことを言っているが、本当に自殺する決心でいるのだろうか？」

するとアントニーがそれに答えた。

「分るものか。相手はなかなか賢い男だから、自殺と見せかけてどこかへ逃げ出すかも分らないぜ。例えばオーストラリヤとでも言ったところへな」

「なるほど、オーストラリヤか」

ビルはにやりと笑いながら言ったが、急に厳粛な顔附きになって、附加えた。

「しかし、可哀そうなのは女だな。一体どちらにより多く好意を持っていたのか知らないが、一つの殺人で二人の恋人を失ってしまったのだからね」

「おや、へんにセンチメンタルなことをいうな。ロンドンの恋人のことでも思い出したというのかい？」

アントニーはそこで奇妙な微笑を浮べた。

「しかし、おい、ビル、それじゃ君ワトソンにはなれないぜ。仕事の途中で恋人のもとに逃げられたりしちゃ、職業《しょうばい》にならないからね」

「大丈夫だよ。アントニー、いや、ホームス君。手を握らせてくれ給え。そして君の素晴らしい智慧をほめさせてくれ給え」

二人はそこで、愉快に手を握り合うとこの珍らしい新職業の前途を祝福しあった。

推理小説の故郷

横溝正史

現在推理小説とよばれている探偵小説が、摩訶不思議な謎の提供と、一分《いちぶ》の隙もない論理的な解明という、長篇小説の形で定着したのは、一九二〇年代から三〇年代の初期のことではなかったろうか。そういう歴史的な解説は、他に適当な人があろうと思うから、私はあえてここに触れないでおくことにするが、一九〇二年うまれの私にとっては、それはちょうど二十歳代から三十歳代の初期に当たっている。

私がはじめてそういう傾向の探偵小説にぶつかったのは、大阪薬専の学生時代のことであった。私は大正九年に中学を出ているが、一年間銀行員をしたのちに、薬専へ入学したのだから、当時のかぞえ年で二十歳から二十三歳までのあいだだったろう。物は本全集にも収められているA・A・ミルンの「赤い家の秘密」であった。

私が手に入れたのは単行本ではなく、それが連載されている雑誌であった。たしか"Red Book Magazine"という大型の豪華な雑誌で、三回か四回かに分載されていたと憶えている。当時神戸から大阪の学校へ汽車通学をしていた私は、神戸の古本屋で全冊見つけて揃えると、汽車の中で、教室で、講義もそっちのけにして、教師にかくれて貪《むさぼ》り読んだ。

それは涙香訳で教育され、ドイルの短篇や、ルブランの長篇になじんできた私にとっては、一種異様な経験だった。そこには恋もなければ冒険もなかった。いまの言葉でいえば、スリルもサスペンスもアクションもなかった。その代わり一字一句も読み落とせないていの、緊密そのものの構成の面白さがそこにあった。

いまにして思えば、当時すでにそれがあちらの探偵小説の主流をしめていたのだが、日本にはまことに紹介しにくいものであった。おなじころ延原謙が、当時海外の探偵小説の翻訳紹介に非常に熱心であった『新青年』に、アガサ・クリスティーの「リンクスの殺人」を連載しているが、当時の雑誌の読物としては、必ずしも成功ではなかったようだ。スリルもなければサスペンスもなく、恋もなければ冒険もなく、ただ謎解きの興味だけで読ませるこういうスタイルの小説を、日本の原稿紙にして三十枚程度に、月々分載するということがどだい無理だったのだろう。

だから、こういうスタイルの長篇が英国に端を発し、それが米国に飛び火して、いまや英米探偵小説界の主流を占めているらしいということを私が知るまでには、それから数年かかっている。そして、いったんそういう眼で読んでみると、これほど面白い探偵小説はかつてなかった。そこには卓抜にして、世にも意外な謎（と、いうことはトリック）の提起があり、それを解きほぐしていく論理の展開の面白さがあり、私はたちまちそれらの小説のとりこになってしまった。

スリルもサスペンスも一切ボイコットしてしまったがために、どの小説も相似は許されなかった。したがって、すべての作家が一作ごとに、あの手この手と創意と工夫を凝らし、独創的な意外性と論理性を競ってやまぬ、一種の執念のような面白さがそこにあった。

当時、私を熱狂させたそれらの作品が、すべてこの全集のなかに収められている。

この全集のなかにこそ、本格探偵小説の醍醐味が、あますところなく結集されているといっても過言ではなく、これらの諸篇にこそ、現代の推理小説の故郷を、諸君は発見されるであろう。

父を支えた猫たち犬たち

野本瑠美（横溝正史次女）

猫がとりもった父と母

父と母の人生は猫で始まる。

父の飼い猫が、母の膝に乗った。

「可愛いわね……」と、母。

「猫は好きか?」と、父。

「はい………」と、母。

見合いの席での会話。なんとも愛らしい二人。たったこれだけで、二人の人生は決まった。最晩年の母の思い出話だ。

寝床で猫がお産をしたという猫好きの父の新婚生活に、猫の姿は見えない。猫を挟んでほやほやなんてことはなかったようだ。

「山賊のところへ嫁に来たかと思った」と、晩年の母はつぶやいた。

町医者の兄のお手伝いをしたり、お稽古事をしたり、父親を亡くしても静かな娘時代を過ごしてきた母は、さぞ動転したことだろう。山賊という表現に笑ってしまったけれど、そんな父が当たり前で育った娘の薄情なこと。ちなみに母の実家はみな下戸だったとのこと。

複雑な家庭で育った父は、家庭的な妻を得て、のびのびと自分らしさを発揮したようだ。仕事と遊びのごっちゃまぜ。妻も子供もどこにかおらん。仲間引き連れオパールの指輪を小指にはめて、ヨーヨー片手に、銀座闊歩のモダンボーイ振り。「浜作」で食して、「ライオン」で痛飲。銀座裏通りのカフェを軒並み巡っての朝帰り。

このころが、余程懐かしいのか、一度だけ父と銀座を歩いたときにつぶやいた。

「銀座裏通りは、目をつぶっても歩ける」と。

無頼生活の挙句大喀血。ここで、結核患者と看護人という激烈な夫婦が誕生する。

あの初々しい会話からは想像もできない、晩年の母は「お祈りがききすぎちゃってネ……」と、訳けを話した。「どうか、主人が一歩も出歩かなくなりますように……って、手の腹が破れるほど柱をたたいて祈ったのよ……」と。尋常でない家庭ができあがったけれど、こんな父と母の生涯を彩り支えた猫たち犬たちがいた。

わたしの知らない犬タロウ

大喀血をした父は、江戸川乱歩氏の助言と絶大なる援助を頂いて、富士見療養所へ入る。正木不如丘先生のご指導のもと三か月の療養生活で療養のノウハウを得て退院帰宅。それでも、またまた、江戸川乱歩氏、水谷準氏の援助と助言を受けて、上諏訪での家族ぐるみの療養生活が始まる。何と素晴らしい友情！

ところで、本人は、湖のある町ということで素直に転居したという。ここで、湖を舞台に書くぞという野望のもとに、心血注いで「鬼火」を書き上げる。この原稿は、父と母の魂。母は、生涯家宝とした。

当時死病と言われ、忌み嫌われた結核患者の家族の日々が、どれほど壮烈であったかと思い図るそこに、一匹の犬が登場する。名前はタロウ。わたしの存在はまだない。

「タロちゃん、タロちゃん！」

姉と兄は、庭で犬と戯れ騒いでいた。

お見舞い激励にいらしていた乱歩氏の表情が曇った。何故？

種をあかせば、江戸川乱歩氏の本名は平井太郎。つまり、タロウというわけ！

こんな失礼な出来事が、姉と兄の愉しい思い出話となって、幾度も聞かされたのは、このあとがあるからだ。

子供たちのタロウ呼ばわりは、大いに乱歩氏の気に障ったのだろうけれど、このように厳しい環境で、無邪気に遊ぶ子供たちの様子に心打たれたのか、乱歩おじちゃんは、兄に、電気機関車セットをプレゼントする約束をし、実際、立派なセットを兄は手にして、お手紙のやり取りをしている。姉には、美しい市松人形が贈られたのだ。この二つの宝物は、我が家に、ずっと、大事に置かれていた。

厳しい時代の兄と姉を思い描くとき、乱歩おじちゃんの話は、思い返すたびに心温まり、タロウがいたことに慰められる。

タロウがどんな犬だったか知らない。何故か、白いおおらかな犬を想像してしまう。タロウちゃんありがとう。

突然消えたチヨとカピ

父の健康が落ち着き、収入もほどほどになって、ちょっぴりの贅沢心を起こしてわたしが生まれたとか。そして六か月後、文筆に専心する大決心で建てた吉祥寺の家へ帰還。

ここで、猫のチヨと犬のカピが登場する。戦争真っただ中のこと。

猫はどのようにしてやってきたのかしれないけれど、わたしの大の遊び相手であり、父と深い関係を持った。

戦時下に仕事を奪われた父は、ひねもす茶の間で編み物にふけった。そんな父にピッタリくっついていたのが猫のチヨとわたし。

その日も、父は炬燵にあたって、込み入った模様編みに熱中していた。時々、「おー!」とか「あー!」と、父は叫ぶ。感情が高ぶると、足をばたつかせる。炬燵で寝ていたチヨが飛び出す。不満げなチヨだったが、この度に、名案が浮かんだらしい父。そして、チヨにとっても幸いだったのだ。やけに父がおとなしかった時に事件が起こった。

編み物に熱中しているかと思っていた父が、急に、チヨはどうしたと、炬燵掛けをめくったところ、チヨはながながとのびていた。

「おーい、おいおい、おーーい!」と叫ぶ父。

台所から駆けつけた母は、チヨを炬燵からひきずりだす。水を吹きかける。さする、あおぎ、さすって、チヨは目覚めた。

「無事だった！」と、ため息をついた父。

一酸化炭素中毒だった。幸い父の蹴っ飛ばしは続いていたおかげで、その後、チヨがのびることはなかった。ということは、名案続出だったに違いない。

後の「女王蜂」のトリックは、あの時うまれたのだとすると、チヨとの合作となる。四歳のわたしは、父から編み物を習った。

このころ、母と姉が、わたしを乳母車にのせて、五日市街道沿いの農家へ出かけた。その農家の庭でたわむれていたのが子犬。わたしは、抱かせてもらった子犬をはなさなかった。ジャガイモに埋まって、子犬を抱いて帰ってきたわたしを見た父は笑った。すぐに名付けてカピ。この名前が、「家なき子」のルミ少年の愛犬の名と知るのは、ずっと後のこと。わたしの名前は「光ほのか（ルミエール）」からとったルミこと瑠美。

父のエッセイによると、買い出しジャガイモは、江戸川乱歩氏のご家族にもお分けしていたようだ。昭和十七年とある。

食糧難でも、カピはすくすく成長して、縁側に顎をのせて、父とわたしの様子を、うらやましそうにのぞき見たり、わたしを背中にのせたり、最高の遊び相手となった。

ところが、突然、カピが消えた。[*1] チヨもいなくなった。四歳のわたしは、言ってはいけない何かを感じて黙っていた。

六十余年を経て、児童文学ノンフィクション作家井上こみち氏から、ご著書をいただいた。「犬や猫が消えた日」。

読んだ、おぞけをふるった！　あの時、太平洋戦争の真っただ中だった。チヨとカピは、戦争に行ったのだ。みな撲殺されて、皮を剝がれて、兵士の防寒着となって。否、殆んど放置捨てられていたという。

「猫や犬が消えた日」に出会ってから更に年月が経ち、山口直孝《ただよし》教授のご努力で、父が戦時中に書いた家庭小説「雪割草」が発見された。愛馬が晴れ晴れしく出征する場面が出てくる。そして、父に似る肺病やみの画家は、気力を取り戻す。

「雪割草」が単行本となって出版されたのが、二〇一八年のこと。この年、わたしは、父が没した年齢になっていた。

カピが消えて、戦争はますます激しくなり、中島飛行機工場近くの上空にB29の巨体が現れること度々。

「この芸術がわかるか！　わかるか‼」

父は、ベートーベンの田園交響曲の雷鳴の部分を最高音でかけた。腕を突き上げ、巨体に向かって叫び、家族を防空壕へと逃した。

ゲートルを巻いて、バケツリレーの号令をかけるようになった父は、暗闇の応接間に籠って、密かにレコードをかけるようになる。

暗い歌声が、隣室の幼いわたしの眠りにまといついた。ダミアの歌う「暗い日曜日」、ソーンブル・ディマ……と、ダミアの唄声が今も耳に残っている。

幼いわたしにとって、編み物をする父。ダミアを聴く父、B29に叫ぶ父が強烈だけれど、二階の書斎で机に向かっている父、玄関で女性に大ぶりの茶封筒を渡す母を、この女性から抱き人形をもらったことを覚えている。父は書いていたのだ。

カピは突然消えたと信じる一方、なぜか、リヤカーに乗って見つめるカピの姿が、心の隅にあり続けた。幼い心に浮かんだ妄想と思って、一度も口にしたことはなかった。全く記憶のない記憶なのか……?

父は「雪割草」を書いていた!

チヨよ!

カピよ!

父よ!

疎開暮らしはチコと

中島飛行機工場爆撃で、動員されていた姉が、友の屍を踏み越えて、気を失わんばかりに帰り着いた。父は酒屋へ走った。後にも先きにも、父が走ったのは、この時だけではないだろうか。抱えて帰ったワインを、姉の口に注いだ。続いて、幼児の強制疎開の話、東京大空襲と続き、探偵小説は、都会でこそ成り立つという考えの苦悩の狭間にいた父を、決心させたのが、岡山からの疎開の誘いだった。

何故か? むくむくと湧き上がったのが、瀬戸内海の島々での構想。実際その熱望を全うしたのが「獄門島」だけれど、この作品にあたって、乗物恐怖症の父は瀬戸内海へ出かけたことも、ましてや島へ渡ったこともないというのが愉快だ。すべて、岡田村字桜での加藤一《ひとし》さんとの格別に親しい交流による。

岡山県岡田村字桜に落ち着いたころ、チコはやってきた。

まるで雨月物語を思わせるあばら家を改造して入居したわが家族に、村の人々の関心は、尋常ではなかったらしい。

最初に父の素性に気づいたのが、裏手の老人だった。かつて、横溝家にたいそう世話になったというこの老人は、ウサギの肉の入ったまぜ寿司で歓迎してくれた。以来深く付き合うことはなかったけれど、そこに生まれた三毛の子猫をもらった。それがチコ。

猫の話になる前に、ウサギのこと。

父が物書きであり、探偵小説作家であることを、すでに知っていたのが、前述の加藤一さんというお百姓さんだった。この人との親密な交流あっての金田一耕助誕生となる。

この加藤さんが、わたしに子ウサギをくれて、世話の仕方を教えてくれた。藁草履とモンペ姿のわたしは、ウサギの好物のタンポポを刈り集めた。ふくふく太ると、加藤さんが、風呂の流し湯の甕の上につるして潰した。

その夜は、加藤一さん、医学生の藤田嘉文さん、音大生の石川淳一さんたちが、すき焼き鍋を囲んでの探偵小説談義。

はじめて迎えたお正月も、ウサギ肉のお雑煮で祝った。家康のお雑煮もそうだったとか。

次々と子ウサギはやってきて太ってお鍋になった。一生懸命に世話をしたウサギから、「本陣殺人事件」と「蝶々殺人事件」が生まれた。父の体のために、新鮮な空気、安静と栄養が我が家のモットー。ウサギは、この栄養源になっていた。

さて、チコは、執筆に熱中する父の膝に乗って、困らせたり喜ばせたりたりした。

父は、こんな愛しいチコの遊び相手もした。母の腰ひもを、自分とわたしの足首に結びつけて歩き回ってじゃれさせた。チコは大喜び、どこまでもついてきた。そのうち、考えに熱中した父は、表へ飛び出す。チコも飛び出す。塀の際に植えた大豆にもつれて、わたしはチコを抱き上げる。父はそのまま畦道を行く。

風神のように歩き回る父を、村の人々は暖かく見守り、子供たちは、鬼だ、鬼だと怖がって逃げ回った。

毎日、登校するわたしを、松の木に登って見送り、下校時には、松の木のてっぺんで待ち受け、鳴きながらすべりおりて、わたしの胸に飛び降りてきたチコ。

こんなに愛し愛されたチコは、上京が決まって、片付けがはじまると消えた。

いよいよ、村中の人々の長い行列に送られて旅立った。父の親友加藤さんは、岡山のホームまでついてきて泣いた。父が言葉をかけると、一層泣きじゃくった。汽車が動く。加藤さんは走った。階段の手すりに泣き伏す加藤さんが、小さくなっていく。そこにチコがいるわけもない。みんな泣いた。

成城に落ち着くと、あの裏の老人から便りがあった。チコが、空き家の床下で死んでいたと。母は、鰹節三本預けて、老人にチコの行く末を頼んだと言って泣いた。わたしは、暗い床下で、丸くなって眠っているチコを思いえがき、父は、手紙をもって書斎に消えた。

本格探偵小説の鬼となって復活した父を、激励にいらしたのが、江戸川乱歩氏、西田政治氏と鬼怒川浩氏。喜び湧いて巻いたのが「桜三吟」。勢いにのって本格探偵小説に寄せる決意表明もしたためた。

論理の骨組みに

ロマンの肉付けをして
愛情の衣を着せましょう

額装をした「桜三吟」を仕事机の前に、背後に、乱歩氏の「詩琴酒」を掲げて、あの決意を貫いたのが父。

あの時、江戸川乱歩氏、西田政治氏と父横溝正史は岡山で講演をしている。

海野家からきたピカさま

岡山時代、父と海野十三氏は、頻繁に手紙のやり取りをした。日に何通も届き、その返信を持って、姉は自転車で郵便局へ走った。このやり取りは、東京に帰ってきても続いた。後に、父はこの文通を「日文矢文」と云った。

父が、編入試験までぶらぶらしている娘のことを、海野氏は猫が子猫を生んだなどを。

そしてある日、「ルミちゃんへ」という手紙を携えて子猫がやってきた。縁側の日差しの中で、毛並みが輝いていた。

「ピカピカ光ってる!」と、叫んで抱いた子猫の名前は、ピカとなる。

胸が白く背はサバ模様。マスカット色の目は、愛らしいというより美しく、気品ある猫だった。父と私を虜にした。

十月の編入試験に受かって登校を始めると、海野氏からお祝いに、赤いパイロットの万年筆が届いた。初めての万年筆で、拙い御礼のハガキを書いた。

その後まもなく、父と母は、海野氏を見舞うようになる。海野氏のハガキには、「赤いお客様」のことも書かれていたのだ。「赤いお客様」とは、喀血のこと。

五月十四日、突然、海野氏が中学生の息子さんノブちゃんをともなって訪ねていらした！

廊下に立つと、庭をながめて、さもうれしそうに微笑まれた。五月なのに、黒いマントを羽織っていらして、白い穏やかなお顔が一層浮きたっていた。束の間の訪問。

車を呼ぶというのを強くお断りになり、兄が、付き添ってお帰りになった。

初めての、そして最後の来訪となった。

翌五月十五日、父と母は、わたしをつれて海野家へ駆けつけた。父と母は、病室に長くいて、静かな低い話し声が漏れてきた。

よろめくようにお宅を後にした父は、狂気のように歩いた。月の明るい夜だった。

五月十七日、逝去。

五月十九日。ご葬儀を終えて帰宅したそこへ、海野氏からのハガキが届いていた。

『お見舞いありがとう。もうよくなったので、心配しないように』と。

結核と闘う戦友でもあった二人の友情を締めくくったのは、海野氏の思いやりだった。


ピカが来ると、父は家中の障子、襖、扉へ猫ドアをつけさせた。猫の性格を知りつくした父の愛情は、猫たちの天国であったけれど、恐ろしい事件を起こすことになる。

ピカが子猫を生んだ。その一匹は、どういうご縁か轟由紀子さんにもらわれて、名前は、「歌舞伎の役者」！　何と呼ぶのだろう……と、父と笑いあった。

こんな微笑ましい幸せは、地獄と変ずる。猫紳士たちの羨望の的である美猫ピカの取り合いは激しく、その頂点が、子猫食い殺し事件となる。お出入り自由の猫ドアを抜けて恋敵侵入。子猫の手足頭の散乱の壮烈！

この恐るべき残酷シーンは、父に強烈な印象を残したようだ。*2

以降、裏ドアの猫通用口は、外から入れない工夫をした。

このモテモテのピカは、散歩の途中で父と拾った黒猫クロに自分の子供を任せてランデブーに明け暮れる。こんな状況に怒ったのが母。怒髪天《どはつてん》を衝《つ》くとは、こんなことか。だれにも止められない。母は、植木屋にピカを捨てさせた。

「おりゃあ、二度と猫は捨てねえ」と、腰を二つに曲げて杖を突いた植木屋がやってきた。ピカを捨てた近所の松の木から転落。すっかり落ち込んでいた母の背に、頭を擦りつけて啼いたのが、痩せ衰えたピカだった。あれから十日がたっていた。

「もう捨てない、捨てない」と、痩せこけたピカを抱いて、母は泣き崩れた。

ネズミを取らずスズメを取り続けたピカ。執筆の父の膝を占領したピカ。夜は、わたしと寝たピカ。何よりも、高木彬光氏を威圧し続けたピカは、母とわたしの介護の甲斐なく、父専用のソファで、十九年の命を閉じた。毛皮一枚の軽さだった。

およそ海野氏の人となりと異なる奔放なピカだったけれど、喀血を繰り返しながらも、書き続ける父を守ってくれていたかのように、死後、次々と、悲しみが押し寄せる。

森下雨村氏、江戸川乱歩氏との別れ……。

父は、乱歩氏の遺骸にしがみついて泣き崩れた。恩人、先輩、親友、盟友、ライバルであった乱歩氏との別れは壮烈だった。

以後、父は猫を飼っていない。

泥棒を知らせたクロ

父とわたしの散歩の途中で、黒猫を拾った。

まるで針金のように瘦せた体に、ノミが吸い付いていた。姉と二人で、潰して、潰して、爪が血で染まった。無事に育ったクロはすんなりと美しく、控えめで優しい猫に成長した。

ある日、夕食中の食堂へ、毛を逆立てたクロが飛び込んできた。こんなクロを不思議がりながらも、抱いてなだめた。

書斎で食事をしている父のお給仕で、母は、中廊下を往復していた。途中にある納戸の扉が閉まっているのを、あらっと、開けてビックリ散乱状態！　泥棒に入られていた。クロは、泥棒を見て知らせたのだ。くしゃみ先生のあの猫とは違ったのに、飼い主の愚かさ！

その後、ずいぶんたって警察が、泥棒を連れてやってきた。あまりに件数が多くてわからないので、本人に案内させているという。会いますかと問われて、父は言下に断った。牢名主にテクニックを学んだという猿飛の飛びとあだ名された強者だった。

マムシに襲われるクロを、母が火かき棒で一撃して救ったこともあるこのクロは、どこかはかなげで、けなげだった。父は、この黒猫に、何を思ったかは知らない。

「黒猫亭事件」は、クロに出会う前に書かれた作品。

寝酒のお相手をしたカピ

「本陣殺人事件」は、海野十三氏に絶賛されて探偵作家クラブ賞を受賞。本格探偵小説一代男のスタートを切った父が、江戸川乱歩氏に迎えられて、成城に移り住むと、我が家の様子は百八十度変わった。編集者さんたちが、小さな家を占拠した。

父の創作意欲は燃え盛り、あふれて、あふれて、寝る間も惜しんで執筆専心。付き合う母の忍耐力のすごさ。

この間隙を縫って、度々、宴会が開かれた。

「ヨコセイが帰ってきた。ヨコセイが頑張っているぞ」と、江戸川乱歩氏をはじめ、多くの方々が集った。野村胡堂氏、城昌幸氏、角田喜久雄氏、水谷準氏、長谷川修二氏、岩崎昶氏、椿八郎氏、宮田新八郎氏、本位田準一氏、渡辺啓助氏、今井達夫氏。加えて、新進の高木彬光氏、山田風太郎氏、香山滋氏、島田一男氏、三橋一夫氏……みなさんが、愉しく集った。小学生のわたしは、たいてい乱歩オジチャマか、水谷のオジチャマの膝にいて、大人の話をききながら、お銚子の運び係をしていた。

さて、ここで、犬が登場。母が鳥の丸焼きを料理するたびに、やってきたのが痩せこけた野良犬。酔っ払いさんたちがトリの骨を投げ与えて可愛がった。この野良犬が現れなくなって、気にかけていたころ、出入りの老人のところで子犬が産まれた。父は、早速もらい受けた。目の優しい柴の子犬の名前は即座にカピ。

早速棟梁に犬小屋をつくらせて、父の寝室の前の梅の木のわきにしつらえた。猫の名前はピカ、そして犬はカピ。呼べば両方かけてくる可愛さ。そして何よりも、再び血を吐いた父を癒し支えたのが、このカピ。父の最高の友となる。

喀血騒ぎを少しばかり。

「八つ墓村」「犬神家の一族」、その他、乗りに乗って書きまくっていた父は、とうとう、痰コップに何杯も血を吐いた。

「死ぬー、死ぬー」と、絶望の叫び。

医者を呼ぶと言えば、もう死ぬといわれるから呼ぶなとわめく。

まだ越してきたばかりで、お医者様の知り合いはなかった。姉と兄が駆け巡って出会ったのが俳人でもある門田《もんでん》正男医師。病状、性質、職業すべてを理解した先生の一言。

「こんなことで、死にゃあしませんよ」と。

この一言で、気持ちの回復。以後、門田先生の指示を忠実に守って、生き返る。

何より、門田先生の指導を忠実に守ったのは母。母の目覚ましい奮闘が始まる。幸運にも、ストレプトマイシンが発売され始めていた。母は、連日、父のお尻の右左交互に注射をする。筋肉がカチカチになってもする。さらに、睡眠剤が利かない不眠症の父に処方されたのがお酒。眠りにつくまで、絶対安静の父の口へ吸い飲みでお酒を口に注ぎ続ける。換気第一で、開け放した火の気のない部屋で、母は頑張り続けた。

やっと、床上げをして、門田先生の命《めい》に従っての規則正しい生活がはじまる。

少々の執筆、安静、三度の食事、寝酒とサイクルが決まって、愛犬カピの役目が定まる。

夕食をすますと、寝酒までの時間を、テレビを見て過ごす。ごひいきの近鉄バッファローズの戦況を知るために、短波ラジオを聴く。

野球放映がなければ、海外ドラマをみる。特に、ローハイドのクリント・イーストウッドがお気に入り。歌謡番組では、山口百恵[*4]、西田佐知子、石原裕次郎[*5]がごひいき。

そして、そろそろ寝酒の時間。小皿にカラスミ一切れ、大虎の蒲鉾一切れを肴に、一升近い月桂冠の消費が始まる。母が、熱燗をもって廊下を走る。

構想、トリックを考えながらも、酔いがまわって、なぜかもの寂しくなるらしい。にわかに雨戸を開けて叫びだす。

「カーピ、カピカピ……」

カピは、飛び込んできて父の寝床へ。さて、一人と一匹の酒盛りが始まる。よりかかるカピは、カラスミ一口、蒲鉾一口もらっておつき合い。コトンと眠りに落ちた父を、母は手早く寝かしつけ、カピを外へ出し、タバコの始末をして、寝静まるのは夜半過ぎ。

愛犬カピがフィラリアにかかった。予防薬もなければ獣医さんもいなかった。やっと開業した獣医さんが来たときは手遅れだった。

それでも、カピは、哀願するように、獣医さんに、いざり寄り、かすかに尾を振った。私の看病では、どうにもならないことを、カピは、わかっていたのだ。切ない私。

死後解剖すると、両肺に寄生虫がぎっしり詰まっていた。苦しかったね、カピ……ごめん……と、片肺しかない父の慟哭。カピの看病にあてた書庫に、父は、暫く入れなかった。

そろそろ社会派推理小説の波が押し寄せ、カピとの寝酒が何よりの癒しであり続けたけれど、その関係は終わった。

「喀血も楽し」などと、いきがっている父。だけれど……。

貨車で旅をしたカピ

おおらかな犬がやってきた。柴だったけれど、秋田犬のように大きくなった。

このカピを、貨車で軽井沢へ送り出した。沓掛《くつかけ》（現在の中軽井沢）の駅へ迎えに行くと、疲れもしないで元気に南原まで歩いた。

山荘の庭できままに遊び、父の散歩にもリードをつけないでついていくなつっこさ。*3

そんなのびのびとした素晴らしい関係は、アッという間に終わった。自由が過ぎて、国道へ飛び出して轢かれた。山荘を構えた最初の夏だった。

父の再起につなげたドリス

溺愛したカピの血を引いた雑種の雌犬がやってきた。名前はドリス。「家なき子」のルミ少年をカピと共に支えた犬の名前。

優しくなつっこいドリスは、父の寝室の廊下の床下で眠った。酔っぱらって呼び込むことはなかったけれど、庭を歩く父に、ふさふさとしたシッポをゆらせてついて歩いた。

猫ピカの死後、森下雨村氏、江戸川乱歩氏の死が続き、仕事も活躍をする場も失い、鬱々とした父を支え慰めたのがドリス。

お正月に、庭に雉が滞在して、父も母も大喜び。幸運の鳥は、角川春樹氏を呼び寄せた。春樹氏の激励が父を勇気づけ、本格探偵小説作家横溝正史、金田一耕助が復活する。

日ごろ口にしていた「田中《でんちゅう》さんには及びもないが、せめてなりたやクリスティー」への気力を取り戻した父は、長く中断していた「仮面舞踏会」を完結して、亡き江戸川乱歩氏に奉げた。

この喜びに、母は、お赤飯と尾頭つきの鯛を用意し、父は高崎で買っていたダルマに目を入れて共に涙した。

更に、主治医から、肺結核完治の朗報。長年の結核との闘いは終わった。結核患者と看護人の関係が、なごやかな夫と妻の関係になっていく。

俳句をたしなむ母と、小鳥や草花の話をしながら、睦まじく散歩をするようになる。道すがら、いくつかのカフェで、コーヒーを楽しみ、時には、孫を呼び寄せてランチやお茶をすることも。

嬉しいその勢いで、長編「病院坂の首縊りの家」に取りかかる。この作品の発表で、更に人気を得て、角川ブームとなる。

「不思議だ。わからん。わからん……」と若者からの支持に首をかしげながらも、学生たちに取り囲まれてサインをする父の嬉しそうな顔。

テレながらも更に「悪霊島」に取りかかる。この父の心意気は、義父の介護に明け暮れていたわたしを、どれほど勇気づけてくれたことか。ところが、突然清書を頼まれる。回を重ねるうちに、2Bのトンボ鉛筆の筆力が弱り……乱れていく。父は、何も語り掛けてこない。不安を感じながらひたすら書き続けて脱稿！

その時は、義父の旅立ちと重なって、父と喜びを分かち合うことはできなかった。

突然、山荘で倒れた。

軽井沢病院での検査の結果、結腸癌だった。

迎えに駆けつけると、父は吠えた。

「腹の中で、高下駄をはいた鬼が駆け回っている！」と。

「わたしには、癌はなおせない！」と、母は泣き崩れた。

「結核患者はガンにはならないんだってサ……」と風評を口にしていた父。

結核完治を喜んだ父だったが、母のショックは激しかった。

姉が連絡をとった国立医療センターへ。

ベッド付のワゴン車で、立膝をして異様な目の光を放つ父を気遣いながら、角川編集者橋爪懋《つとむ》さんと共に碓氷峠を下った。

看護婦さんに迎えられて車椅子におさまると、父は、やおら胸ポケットから櫛を取り出して頭髪を整えた。顔を上げ、胸を張って入院した。いつ櫛をポケットに入れたのか知らない。

看護家族を支えた犬たち

闘病の父を直接支える猫も犬も、もういなかったけれど、看護態勢にある子供たちを支える犬たちがいた。姉には、スージー犬の耕助。兄にフィンランド犬のアイノ。わたしにはテリア犬のジップ。

暮れに一時退院。

お正月一日、家族と新年を祝う。二日には、海野十三氏ご長男とご次男の家族、薬専時代の友人の息子さんの平吉家族、そしてわたしの家族を交えた例年の集まり。三日には兄のお誕生日のお祝い会。例年の和やかで賑やかな行事を果たして再び入院へ。

手術が繰り返される。

五月。第一回目の横溝正史賞授賞式。

鳥居副院長のお許しを得て参加。第一回受賞者斎藤澪氏に、金田一耕助のブロンズ像を授与して祝い励ました。授賞式への参加は、最初で最後となる。

十月。角川春樹さんが映画「悪霊島」のヴィデオ持参。病院のベッドで見る。春樹さんに感想を問われて、「景色だけはいいね」と、一言。

日ごろ、市川崑監督「悪魔の手毬唄」の映像を、自分の世界そのままだと喜んでいた父だったが……。

春樹さんは、僕の手は神の手と言って、熱く強く父の手を握りしめて祈った。

癌は、膨れ上がって崩れ始める。ひたすら手当をする。お互いに言葉はない。まるで猫のように寄り添い続けるわたしに、いつも、父はささやいた。

「もうお帰り……。子供たちがかわいそうだから……」と。

秋祭り。成城の駅をでると神輿が練っていた。何かというと駆けつけてくれる棟梁さん、植木屋さん、酒屋さんたちが威勢よく掛け声をかけながら、こちらに頭を下げた。だれも、父の状況を知らない。最後まで、秘しつづけた。父は感づいていたかもしれないけれど。父の病室のお向いに二代目中村鴈治郎が入院していて、どちらの部屋もシンと静かだった。

クリスマス。

家族みな病室に集まった。

「クリスマスプレゼントが用意できなくてねえ……」

補助ベッドで頑張りつづける母が、孫たちにお小遣いの袋をわたし始める。促された六人の孫たちは、父のベッドに寄る。

「ジイジ、ありがとう……」

孫ひとりひとり、父の細った手をにぎって、見つめあった。クリスマスキャロルが、廊下を通り過ぎて行った。兄が指導した看護婦さんたちの歌声だった。

十二月二十八日早朝、父は逝った。仕事納めの日だった。

父と母の結婚式は、ひょんな流れで、高砂のかわりに、水谷準氏ご夫妻の讃美歌で執り行われたという。クリスマスキャロルで、母をおいていくなんて……宗教心も何もない父のなんとも不思議なこと!

書斎に父の遺体を迎えて、小学校二年生の息子の温が、火がついたように泣き叫んだ。年長の甥が抱きすくめた。愛し愛された孫たちの思いが詰まっていた。

あけて昭和五十七年一月十二日本葬。

「悪霊島」出演の俳優さん、親しんだ多くの方々、大勢のファンの皆さん、そして、「悪魔が来りて笛を吹く」を執筆するきっかけとなった上村泰一さんのフルート演奏に送られて旅立った。

「どうだ、面白いだろう……このトリックはどうだ……」と、タバコの煙をくゆらせて、遺影の本格探偵小説一代男は笑っていた。

激しく共に生きた母は、父の腕時計をつけて、果てしなく父との思い出を語り続けた。そこに、一匹の猫がいた。父亡きあと毎夏長女千佳と軽井沢で過した。その軽井沢南原の山荘の庭に迷い込んできた子猫ミナミ。

孫娘が結婚して、ひ孫の成長を楽しみ、そのひ孫が弾くバイオリンをきいて、ふっと母が漏らした言葉は、

「娘のころ、お琴上手の姉にはかなわなくて、バイオリンを習った……」

ひ孫のバイオリンを一節弾いてみて、一瞬、娘時代に思いをはせた母は、ふいっと、父のもとへ旅立った。家族への思いをつぶやきながら……。

母の好きな冬桜が咲いていた。

母を支え続けたミナミは、母の寝室に居ついて、姪の香織にいたわれて、やがて母のもとへ。


これで、父と母の犬猫物語はおしまいです。

＊1．『大迷宮』「大サーカス王」の章。
＊2．『悪魔の手毬唄』第三十二章。
＊3．『白と黒』「プロローグ」。
＊4．山口百恵のサインをもらって飾っていた。
＊5．石原裕次郎は後に御近所さんとなり、洗車をする裕次郎と散歩の途中で話すことがあった。「完本人形佐七捕物帳」（春陽堂書店）における「人形佐七は横溝家の天使」に、あこがれのユウチャンに会うことも話すこともなかったと記したが、私が転居中にうれしい一時があったと甥の淳の証言あり。

三度の転機に立ち現れる〝運命の書〟

浜田知明（探偵小説研究家）

横溝正史氏と本作との関係について語るには、まず次の文章から始めるのが一番だろう。

「この青年は飄々乎たるその風貌から、どこかアントニー・ギリンガム君に似てはいわしまいかと思う。アントニー・ギリンガム君——だしぬけに片仮名の名前がとびだしたので、諸君は面喰われたろうが、これは私のもっとも愛読するイギリスの作家、A・A・ミルンという人の書いた探偵小説、「赤屋敷の殺人」に出て来る主人公、即ち素人探偵なのである」（『本陣殺人事件』第八章「金田一耕助登場」。初出以降若干の表記変更のほかは同文なので、こちさらに出典は記さない。以下同様）

「この人物は、この物語のなかでも重要な役目を受持っているので、話のなかに入りこんでしまうまえに、簡単ながら一応説明しておく必要がある」（前同。本作・第二章の訳文も参照）

つまり初登場の時点では、本作の探偵役アントニー・ギリンガムこそが金田一耕助の原型であるとされていたのだ。さらに後年、横溝氏は本作についてたびたび言及するようになる。以下はその一覧（煩雑さを避けるため収録書のあるものは、その書名のみを記してエッセイ自体の初出情報は挙げていない。Ⅰ、Ⅱ、Ⅲは柏書房「横溝正史エッセイコレクション」の収録巻数。初出情報については、それらの収録書を当たっていただきたい）。

1．推理小説の故郷（講談社　世界推理小説大系　月報第1号、第11巻『ブッシュ、ガードナー』昭和四十七年四月。本書に収録）
2．私の推理小説雑感（『探偵小説五十年』Ⅰ）
3．小林信彦氏との対談「横溝正史の秘密」第一部（『横溝正史読本』Ⅱ）
4．中島河太郎氏との対談「怪奇・幻想小説の系譜をたどる」（「別冊いんなあとりっぷ」7号「完全復刻版　怪奇・幻想小説の世界」昭和五十一年四月）
5．謎解き探偵小説の戦士たち（柏書房　横溝正史ミステリ短篇コレクション6『空蟬処女』）
6．モウロクもまた愉し（『真説金田一耕助』Ⅲ）

横溝訳が掲載されたのは、自身が編集する「探偵小説」昭和七年八月号（2巻8号）だったが（浅沼健治名義。横溝氏自身の訳であることはエッセイ6で明らかにされた）、本作は以後多数の訳が出版された（●は児童書。図版の有無を次の記号で示している）。

【※1】…立体図　巻頭にあり　【※2】…立体図　巻末にあり
【＊1】…平面図　巻頭にあり　【＊2】…平面図　作中にあり
【×】…図版なし

『赤色館の秘密』妹尾アキ夫訳　柳香書院　世界探偵名作全集3【※1】↓『赤い家の秘密』妹尾韶夫訳　おんどり・みすてりーず【※1】↓妹尾アキ夫訳　ハヤカワ・ポケット・ミステリ214【※1】

『赤色館の秘密』大門《おおかど》一男訳　新潮社　探偵小説文庫【×】↓新潮文庫【※2】

『赤い館の秘密』大西尹明《ただあき》訳　東京創元社　世界推理小説全集10【＊1】↓創元推理文庫【＊1】↓東京創元社　世界名作推理小説大系10『ミルン、コール』【＊1】

『赤い館の怪事件』●江戸川乱歩（氷川瓏）訳　講談社　少年少女世界探偵小説全集12【×】

『赤い家の秘密』宇野利泰訳　中央公論社　世界推理名作全集7『ヴァン・ダイン、ミルン』【×】↓中央公論社　世界推理小説名作選【×】↓講談社　世界推理小説大系3『ベントリー、ミルン』【×】

『帰って来た男』●高橋豊／文「中学二年コース」昭和三十五年四月号第三付録【＊2】↓『赤い館の殺人』「中学三年コース」昭和四十年二月号第3付録【×】

『赤い館の秘密』古賀照一訳　角川文庫【＊1】

『赤い館の秘密』●塩谷太郎／文「中学時代一年生」昭和三十八年九月号第4付録【×】↓「中二時代」昭和四十六年二月号第4付録【×】

『赤い家の秘密』●神宮輝夫訳　あかね書房　少年少女世界名作推理文学全集3『赤い家の秘密　黄色いへやのなぞ』【×】

『赤い館の秘密』●榛葉英治訳　偕成社　世界推理・科学名作全集20【＊2】↓偕成社　世界科

学・探偵小説全集20【＊2】
『赤い館の秘密』内藤理恵子訳　旺文社文庫【＊1】
『赤い館殺人事件』下田紀子訳　ポプラ社文庫【×】
『赤い館の秘密――乱歩が選ぶ黄金時代ミステリーBEST10⑧』柴田都志子訳　集英社文庫【＊1】
『赤い館の秘密』山田順子訳　創元推理文庫［新訳版］【×】

エッセイ2によれば、「金田一耕助のイメージづくりに際して、この小説で探偵的役割をはたす主人公の風貌を、つねに脳裡にえがいていた」とあるのだが、当の横溝氏の筆で描かれた描写をもってしても（本作・第二章）、ギリンガムと金田一耕助には似かよったところは見いだせない。また、「素人探偵にはもってこいの才能、いや賜」とされる、無意識の間に見聞きしていた事柄を必要に応じて再生できる〝絶対記憶〟というべきギリンガムの特技にしても（本作・第二章、第八章）、金田一耕助は持ち合わせてはいない。両者の共通点といえば、初登場が鉄道を下車して駅から現場の家へと向かう場面であること（本作・第二章、『本陣殺人事件』第八章。ギリンガムは途中で宿をとってはいるが）、前途への迷いを抱えながら事件に遭遇し、そこで自身の探偵的素養に目覚めることぐらいだろうか（本作・第五章、『本陣殺人事件』第八章。金田一耕助の場合は、作中で触れられたのみの「サンフランシスコの日本人間で」の「奇怪な事件」がきっかけだったが）。

とはいえ本作には、謎の人物が事件の起こる家への道を訊ねたり、使用人が接したその正体など、『本陣殺人事件』への変奏となった箇所も見出せる（本作・第十九章、第一章、『本陣殺人事件』第一章、第三章）。また、横溝訳の後を受けて戦前に本作を完訳していた妹尾韶夫氏の姓が作中人物に当てられてもいる(『本陣殺人事件』第七章)。

エッセイ1、2では、本作に接したのは大阪薬学専門学校在学時(大正十年〜十三年・一九二一〜一九二四年)で、入手したのは「たしか"Red Book Magazine"という大型の豪華な雑誌で、三回か四回かに分載されていたと覚えている」とされ、エッセイ5では「確かRedといったと思うが、いまの『太陽』よりもうひとまわり大きかった」雑誌に「三回にわたって分載された」とのことなのだが、これは正しくはEverybody's Magazine 一九二一年八月号から十二月号にかけての五回連載だった(注1)。ただし、『本陣殺人事件』をはじめとして方々《ほうぼう》で見られる『赤屋敷の殺人』という題名の記述は横溝氏の記憶力の確かさを物語るもので、この雑誌掲載分では初刊本以降の"The Red House Mystery"ではなく"The Red House Murder"だったのだ。

そして、前途に対する不安という点では、金田一耕助よりも横溝氏自身の人生の転換点において、本作がはるかに大きな意味を持っていた。

本作の掲載誌を入手して読みふけった薬専時代、そこには次のような背景があった。横溝氏の父・宜一郎《ぎいちろう》は三人の妻を持っており、それぞれに子どもがいた。先妻の子で長男の歌名雄《かなお》と後々妻の浅恵とは折り合いが悪く、また、次兄で実兄の五郎は結核で早世、その発病時の歌名雄の態度から正史少年との関係も悪化しており、そのまま歌名雄を跡取りにするのが憚られる状況の下で歌名雄が急死(「書かでもの記」『横溝正史の世界』Ⅱ、『横溝正史自伝的随筆集』)、家業の生薬屋を正式な薬局とすべく薬剤師の資格を取るために進学したのだった(注2)。

また、「赤屋敷殺人事件」が掲載された雑誌「探偵小説」は上京して就職した博文館での最後の仕事、編集者兼業から作家専業になる、まさにその節目での訳業だった。この「探偵小説」という雑誌

については、

7. エラリー・クイーン氏、雑誌の廃刊を三ヶ月おくらせること（『探偵小説昔話』Ⅰ）
8. 片隅の楽園（『探偵小説五十年』Ⅰ）
9. 私の推理小説雑感（『探偵小説五十年』Ⅰ）
10. 小林信彦氏との対談「横溝正史の秘密」第一部（『横溝正史読本』Ⅱ）
11. エラリイ・クイーンの思い出（「ミステリマガジン」283号・一九七九年十一月号）
12. エラリー・クイーンと私（柏書房　横溝正史ミステリ短篇コレクション6『空蟬処女』）

で語られているが、横溝氏を引き立ててくれた森下雨村氏の失脚に伴い（注3）、雨村系列の延原謙、岡戸武平氏も退職、雨村色の強かった「文藝倶楽部」「朝日」が廃刊、「少年世界」は巻号を「新少年」に引き継ぐ形での新創刊といった刷新が行われる中、看板雑誌だった「新青年」はさすがに存続、横溝氏も慰留を受ける側だったが、恩師や同僚に殉じる形でも退職を決め、編集者生活の締めくくりとすべく「探偵小説」を三ヶ月延命させたのだった。連載中だったエラリー・クイーンの本邦初訳「和蘭陀靴の秘密」（注4）を完結させるためというのも延命の一因であった（実際には、「新青年」昭和七年八月夏季増刊号［13巻10号］が「探偵小説」との合同号と銘打たれ、その編集も横溝氏が担当、実質十三冊目の「探偵小説」となって、「和蘭陀靴の秘密」の最終回もその号に掲載された。同号では同じく浅沼名義で短編を一つ訳してもいる。注5）。

そして三度目。終戦と同時にこれまでの作風を一変させ、本格探偵小説に精根を尽くそうと決意した時、思い起こされたのが本作だったというわけだ。

本作は四百字詰め原稿用紙に換算して約三三〇枚で、同じEverybody's Magazineからの完訳である妹尾訳（五二〇枚）の六割強の抄訳にあたる（地の文等が補われた単行本版の完訳は約五八〇枚になる）。さらに、抄訳といっても逐語訳から文章を間引いたり、意訳して縮めたりするのではなく、各場面で起こっている出来事や科白を自身の文章で全く新たに書き起こす〝超々訳〟ともいうべき形で構成されており、作家ならではの翻訳としての特色が遺憾なく発揮されている（章分けは単行本版に準拠しているが、章題は独自のものにつけ直されている）。

一方、横溝氏は編集者時代にも印刷所を全面的に信用して初校で入稿するなど、校正には細かく拘らない人だったこともあり、誤植とも誤記ともつかない箇所や訳語の不統一が少なからず目についたので、本書では、テキスト入力された新庄全公子《まきこ》さんのご協力も得て誤植を極力訂すとともに、送り仮名の不統一や建物内の部屋の名称の不一致などについて、ストーリーの進展にも合わせて頻出する側へと揃える形で手を加えた。片仮名の「ヂ」と「ジ」の使い分けは原文どおりとし、訓読みルビ、片仮名ルビは、翻訳家としての横溝氏の書き癖に沿う形での統一を計っている。また、文末の句読点の追加、句読点の異同、助詞や単語の入れ替え、肯定否定の変相といった、最小限の手直しでの是正が可能な範囲での修正も行なった。

なお、エッセイ5では「その雑誌では赤い家を斜め上から俯瞰した、非常に詳細な立体的見取り図が出ていた」ので、「その雑誌を手許に保存しておかなかった」のが「非常に残念でならない」とあるのだが、ハヤカワ・ポケット・ミステリ版の妹尾アキ夫氏による「あとがき」には、妹尾訳は横溝氏から提供された雑誌（注6）によっており、同訳に付された立体図もその雑誌から採ったとある。

その図は、その後の妹尾訳、大門一男訳の新潮文庫版へと受け継がれていくが、当時は図をそのまま転写するよりも新たに描き起こす方が技術的にも経費的にも容易だったようで、その代わり後へ行くほどしっかりとした線で描かれるように（言い換えれば、より洗練された図に）なっていく。本書では、原図に最も近い柳香書院版の図を転載し、原図に付されていた説明文を横溝訳の訳語に置き換えている。原図に最も近い……裏階段の存在（本作・第四章、第十章）や、現場の部屋の扉《ドア》からは撞球室《ビリヤード》の扉《ドア》が見えるはず（本作・八章）といった条件を満たしている図でもあるだけに、本書のみならず、この作品を完訳で読む際にも大いに助けになるはずだ。また、登場人物表は、月報としてエッセイ1が書かれた大系では、監修者としての名義貸し以上の役割を果たしていたことが判明したので（注6）、同大系第3巻の（栞のみにある）「主要登場人物」をもとに訳語を横溝訳に置き換えて作成してある。

先に本作は〝超々訳〟であると述べたが、逆にそれゆえに、横溝氏がそこから何を省き、何を残して何を強調していたか、それらを見ることによって氏の本格探偵小説観がうかがえ、エッセイ1で述べられている理解の実践編として、横溝正史が本格長編をどう捉え、そこに何を求めていたかを探る上での第一歩とも言うべき基本資料ともなるだろう（注7）。

注1　この米国版初出雑誌については、集英社文庫版の宮脇孝雄氏による「解説」にも記述があったが、二松學舍大学所蔵の横溝正史旧蔵資料の中に、最終回（章分けはされておらず十九章以降に相当する）の掲載号の断片（掲載箇所を含む形で半分に割けたもの）があったことにより確かなこととなった。

注2　同時期の横溝作品に神戸を舞台にした「赤屋敷の記録」という短編があるが（柏書房　横溝正史ミステリ短篇コレクション1『恐ろしき四月馬鹿《エイプリル・フール》』）、本作との関連は見られない。

注3　表向きの最大の理由は、百万雑誌を謳う（大日本雄弁會）講談社の「キング」に対抗すべく発刊された「朝日」の失敗が挙げられている。江戸川乱歩氏を博文館の雑誌に独占するのは無理だったにしても、片や「キング」の『黄金仮面』に対して、「朝日」の連載分が『盲獣』では、老若男女向けの（はずの）雑誌としては勝負にならないのは目に見えていた。

注4　訳出箇所は当然、訳者の伴大矩氏によるものだろうが、横溝氏が全面的に文章の手直しをしていたという（中島河太郎、大内茂男、中原弓彦［小林信彦］各氏との座談会「ディクスン・カーの魅力」「ヒッチコック・マガジン」一九六二年六月号［4巻6号］「海外作家論シリーズ2　ディクスン・カー研究」号。小林信彦『東京のドン・キホーテ』晶文社）。

注5　雑誌「探偵小説」のこの延命時に掲載された長編は、

矢の家　A・E・W・メーソン　妹尾韶夫訳　六月号（2巻6号）

生ける死美人（『トレント最後の事件』）　E・C・ベントリイ　延原謙　七月号（2巻7号）

赤屋敷殺人事件　A・A・ミルン　浅沼健治（横溝正史）訳　八月号（2巻8号）

で、これらはいずれも、S・S・ヴァン・ダインが本名で編んだ大部のアンソロジー THE GREAT DETECTIVE STORIES : A CHRONOLOGICAL ANTHOLOGY（後にヴァン・ダイン名義で再刊）の長序とされる INTRODUCTION 中で推奨作として挙げられているとされる九つの長編に含まれていた。

このヴァン・ダインの長序は戦前、

探偵小説と現實味　W・H・ライト　延原謙訳　「新青年」昭和二年一月新春増刊号（8巻2号）

探偵小説作法　S・S・ヴァン・ダイン（訳者名なし）「探偵小説」昭和七年七月号（2巻7号）として訳されていたが（いずれも抄訳で、訳出箇所は異なる）、推奨作に関する部分は前者にはあるもの（原文や後出の完訳とは作品に若干の違いがあるが）、後者にはない。それでも編集者や、とりわけ翻訳家の間では情報が浸透していたのだろう、妹尾氏も柳香書院版の「序」の中でこの推奨作の件について触れている。「探偵小説」掲載時の「赤屋敷殺人事件」の冒頭では原題が"The Red House Mystery"となっているが、これもヴァン・ダインの長序での記載と、章分けに参照した単行本版の題名に従ったからだと思われる。

なお、この長序には戦後、次のような完訳がある。

推理小説論　井上勇訳　創元推理文庫『ウインター殺人事件』

傑作探偵小説　田中純蔵訳　研究社『推理小説の詩学』

また、長序とは別にPRIFACEもあって、こちらは論創海外ミステリ67『ファイロ・ヴァンスの犯罪事件簿』小森健太朗訳に「探偵小説論――推理小説傑作選　序文」として初邦訳された。

注6　妹尾氏は「エヴェリマンス・マンガジンとかなんとかいう、今は廃刊になっているが、当時さかんに輸入されていたアメリカの雑誌」と記していた。

注7　くまもと文学・歴史館所蔵の乾信一郎氏宛書簡による。【横溝正史書簡（乾信一郎宛）解説動画】として YouTube 上で順次公開中。

注8　小林信彦氏との対談「横溝正史の秘密」第四部（『横溝正史読本』Ⅱ）では、坂口安吾氏の『不連続殺人事件』に寄せて、本作の眼目が語られている。

以下は、巻末エッセイの注代りとして。

「リンクスの殺人事件」は、現行題『ゴルフ場殺人事件』で知られるアガサ・クリスティの長編。「新青年」昭和三年一月号〜五月号（9巻1号〜6号）に連載。博文館　世界探偵小説全集11『クリスチイ集』および博文館文庫の刊本がある。

講談社「世界推理小説大系」の全巻構成は次のとおり。
1　ポー／マリー・ロジェの事件　盗まれた手紙　犯人はお前だ　モルグ街の殺人　黄金虫
　ルルー／黄色い部屋の秘密
2　ドイル／バスカービル家の犬　赤髪連盟　まだらの紐　シルヴァー・ブレイズ号事件　マスグレイブ家の儀式
3　ベントリー／トレント最後の事件
　ミルン／赤い家の秘密
4　クロフツ／樽
　フリーマン／ソーンダイク博士（パンドーラの箱　アネズリーの危難　青い甲虫　悪疫の伝播者　ニュージャージーのスフィンクス　人間を釣る　火葬の積薪　ブロドスキー殺害事件）
5　クリスティー／アクロイド殺害事件　オリエント急行殺人事件
6　フィルポッツ／赤毛のレドメイン家　闇からの声
7　ヴァン・ダイン／僧正殺人事件
　シムノン／ある男の首
8　クイーン／Yの悲劇　神の灯

9　ハメット／赤い収穫
ウールリッチ／黒いアリバイ
10　カー／黒死荘殺人事件　皇帝の嗅ぎ煙草入れ
11　ブッシュ／完全殺人事件
ガードナー／ビロードの爪
12　チェスタートン／孔雀の樹　ブラウン神父（青い十字架　奇妙な足音　飛ぶ星　見えない男　イズレイル・ガウの面目　サラディン公爵の罪悪　神の鉄槌　アポロの眼　三つの兇器）
ルブラン／水晶の栓

本書刊行にあたり、野本瑠美様、二松學舍大学文学部・山口直孝様、二松學舍大学附属図書館・山崎和正様、光文文化財団・赤川実和子様より貴重な資料の提供を受けました。記して感謝いたします。（編集部）

〔著者〕

A・A・ミルン

アラン・アレクサンダー・ミルン。1882年、英国ロンドン生まれ。1925年より児童小説〈くまのプーさん〉シリーズを執筆。『赤い館の秘密』(1922) 等、ミステリの著書もある。1956年死去。

〔訳者〕

横溝正史（よこみぞ・せいし）

1902年5月24日、兵庫県生まれ。本名・正史（まさし）。1921年に「恐ろしき四月馬鹿」でデビュー。48年、金田一耕助探偵譚の第一作「本陣殺人事件」(1946) で第1回探偵作家クラブ賞長編賞を受賞。1981年12月28日、結腸ガンのため国立病院医療センターで死去。

〔巻末エッセイ〕

野本瑠美（のもと・るみ）

横溝正史次女。児童文学家、エッセイスト。2006年に『みたいな みたいな 冬の森』で第35回児童文芸新人賞を受賞。19年から21年にかけて『定本人形佐七捕物帳』（春陽堂書店、全10巻）へ書下ろしエッセイ「人形佐七は横溝家の天使」を連載した。

赤屋敷殺人事件《あかやしきさつじんじけん》　横溝正史翻訳《よこみぞせいしほんやく》セレクション
——論創海外ミステリ　290

2022年12月20日　初版第1刷印刷
2022年12月28日　初版第1刷発行

著　者　A・A・ミルン
訳　者　横溝正史
装　丁　奥定泰之
発行人　森下紀夫
発行所　論 創 社

〒101-0051 東京都千代田区神田神保町2-23 北井ビル
TEL:03-3264-5254　FAX:03-3264-5232　振替口座 00160-1-155266
WEB:https://www.ronso.co.jp

校正　浜田知明
組版　加藤靖司
印刷・製本　中央精版印刷

ISBN978-4-8460-2157-3
©2022 Rumi Nomoto, Printed in Japan
落丁・乱丁本はお取り替えいたします。

論　創　社

笑う仏◉ヴィンセント・スターレット

論創海外ミステリ255　跳梁跋扈する神出鬼没の殺人鬼“笑う仏”の目的とは？　筋金入りのシャーロッキアンが紡ぎ出す恐怖と怪奇と謎解きの物語をオリジナル・テキストより翻訳。　本体3000円

怪力男デクノボーの秘密◉フランク・グルーバー

論創海外ミステリ256　サムの怪力とジョニーの叡智が全米No.1コミックに隠された秘密を暴く！　業界の暗部に近づく凸凹コンビを窮地へと追い込む怪しい男たちの正体とは……。　本体2500円

踊る白馬の秘密◉メアリー・スチュアート

論創海外ミステリ257　映画「メアリと魔女の花」の原作者として知られる女流作家がオーストリアを舞台に描くロマンスとサスペンス。知られざる傑作が待望の完訳でよみがえる！　本体2800円

モンタギュー・エッグ氏の事件簿◉ドロシー・L・セイヤーズ

論創海外ミステリ258　英国ドロシー・L・セイヤーズ協会事務局長ジャスミン・シメオネ氏推薦！「収録作品はセイヤーズの短篇のなかでも選りすぐり。私はこの一書を強くお勧めします」　本体2800円

脱獄王ヴィドックの華麗なる転身◉ヴァルター・ハンゼン

論創海外ミステリ259　無実の罪で投獄された男を“世紀の脱獄王”から“犯罪捜査学の父”に変えた数奇なる運命！　世界初の私立探偵フランソワ・ヴィドックの伝記小説。　本体2800円

帽子蒐集狂事件 高木彬光翻訳セレクション◉J・D・カー他

論創海外ミステリ260　高木彬光生誕100周年記念出版！「海外探偵小説の“翻訳”という高木さんの知られざる偉業をまとめた本書の刊行を心から寿ぎたい」―探偵作家・松下研三　本体3800円

知られたくなかった男◉クリフォード・ウィッティング

論創海外ミステリ261　クリスマス・キャロルの響く小さな町を襲った怪事件。井戸から発見された死体が秘密の扉を静かに開く……。奇抜な着想と複雑な謎が織りなす推理のアラベスク！　本体3400円

好評発売中

論　創　社

ロンリーハート・4122◉コリン・ワトソン

論創海外ミステリ 262　孤独な女性の結婚願望を踏みにじる悪意……。〈フラックス・バラ・クロニクル〉のターニングポイントにして、英国推理作家協会賞ゴールド・ダガー賞候補作の邦訳！　本体 2400 円

〈羽根ペン〉倶楽部の奇妙な事件◉アメリア・レイノルズ・ロング

論創海外ミステリ 263　文芸愛好会のメンバーを見舞う悲劇！「誰もがポオを読んでいた」でも活躍したキャサリン・パイパーとエドワード・トリローニーの名コンビが難事件に挑む。　本体 2200 円

正直者ディーラーの秘密◉フランク・グルーバー

論創海外ミステリ 264　トランプを隠し持って死んだ男。夫と離婚したい女。ラスベガスに赴いたセールスマンの凸凹コンビを待ち受ける陰謀とは？〈ジョニー＆サム〉シリーズの長編第九作。　本体 2000 円

マクシミリアン・エレールの冒険◉アンリ・コーヴァン

論創海外ミステリ 265　シャーロック・ホームズのモデルとされる名探偵登場！「推理小説史上、重要なピースとなる 19 世紀のフランス・ミステリ」―北原尚彦（作家・翻訳家・ホームズ研究家）　本体 2200 円

オールド・アンの囁き◉ナイオ・マーシュ

論創海外ミステリ 266　死せる巨大魚は最期に“何を”囁いたのか？　正義の天秤が傾き示した“裁かれし者”は誰なのか？　1955 年度英国推理作家協会シルヴァー・ダガー賞作品を完訳！　本体 3000 円

ベッドフォード・ロウの怪事件◉J・S・フレッチャー

論創海外ミステリ 267　法律事務所が建ち並ぶ古い通りで起きた難事件の真相とは？　昭和初期に「世界探偵文芸叢書」の一冊として翻訳された『弁護士町の怪事件』が 94 年の時を経て新訳。　本体 2600 円

ネロ・ウルフの災難　外出編◉レックス・スタウト

論創海外ミステリ 268　快適な生活と愛する蘭を守るため決死の覚悟で出掛ける巨漢の安楽椅子探偵を外出先で待ち受ける災難の数々……。日本独自編纂の短編集「ネロ・ウルフの災難」第二弾！　本体 3000 円

好評発売中

論　創　社

消える魔術師の冒険　聴取者への挑戦Ⅳ◉エラリー・クイーン

論創海外ミステリ 269　〈シナリオ・コレクション〉エラリー・クイーン原作のラジオドラマ7編を収めた傑作脚本集。巻末には「舞台版　13ボックス殺人事件」（2019年上演）の脚本を収録。　**本体 2800 円**

フェンシング・マエストロ◉アルトゥーロ・ペレス＝レベルテ

論創海外ミステリ 270　〈日本ハードボイルド御三家〉の一人として知られる高城高が、スペインの人気作家アルトゥーロ・ペレス＝レベルテの傑作長編を翻訳！　著者のデジタル・サイン入り。　**本体 3600 円**

黒き瞳の肖像画◉ドリス・マイルズ・ディズニー

論創海外ミステリ 271　莫大な富を持ちながら孤独のうちに死んだ老女の秘められた過去。遺された14冊の日記を読んだ姪が錯綜した恋愛模様の謎に挑む。D・M・ディズニーの長編邦訳第二弾。　**本体 2800 円**

ボニーとアボリジニの伝説◉アーサー・アップフィールド

論創海外ミステリ 272　巨大な隕石跡で発見された白人男性の撲殺死体。その周辺には足跡がなかった……。オーストラリアを舞台にした〈ナポレオン・ボナパルト警部〉シリーズ、38年ぶりの邦訳。　**本体 2800 円**

赤いランプ◉M・R・ラインハート

論創海外ミステリ 273　楽しい筈の夏期休暇を恐怖に塗り変える怪事は赤いランプに封じられた悪霊の仕業なのか？　サスペンスとホラー、謎解きの面白さを融合させたラインハートの傑作長編。　**本体 3200 円**

ダーク・デイズ◉ヒュー・コンウェイ

論創海外ミステリ 274　愛する者を守るために孤軍奮闘する男の心情が溢れる物語。明治時代に黒岩涙香が「法廷の死美人」と題して翻案した長編小説、137年の時を経て遂に完訳！　**本体 2200 円**

クレタ島の夜は更けて◉メアリー・スチュアート

論創海外ミステリ 275　クレタ島での一人旅を楽しむ下級書記官は降り掛かる数々の災難を振り払えるのか。1964年に公開されたディズニー映画「クレタの風車」の原作小説を初邦訳！　**本体 3200 円**

好評発売中

論 創 社

〈アルハンブラ・ホテル〉殺人事件◉イーニス・オエルリックス

論創海外ミステリ276　異国情緒に満ちたホテルを恐怖に包み込む支配人殺害事件。平穏に見える日常の裏側で何が起こったのか？　日本初紹介となる著者唯一のノン・シリーズ長編！　本体 3400 円

ピーター卿の遺体検分記◉ドロシー・L・セイヤーズ

論創海外ミステリ277　〈ピーター・ウィムジー〉シリーズの第一短編集を新訳！　従来の邦訳では省かれていた海図のラテン語見出しも完訳した、英国ドロシー・L・セイヤーズ協会推薦翻訳書第２弾。　本体 3600 円

嘆きの探偵◉バート・スパイサー

論創海外ミステリ278　銀行強盗事件の容疑者を追って、ミシシッピ川を下る外輪船に乗り込んだ私立探偵カーニー・ワイルド。追う者と追われる者、息詰まる騙し合いの結末とは……。　本体 2800 円

殺人は自策で◉レックス・スタウト

論創海外ミステリ279　度重なる剽窃騒動の解決を目指すネロ・ウルフ。出版界の悪意を垣間見ながら捜査を進め、徐々に黒幕の正体へと迫る中、被疑者の一人が死体となって発見された！　本体 2400 円

悪魔を見た処女　吉良運平翻訳セレクション◉E・デリコ他

論創海外ミステリ280　江戸川乱歩が「写実的手法に優れた作風」と絶賛したＥ・デリコの長編に、デンマークの作家Ｃ・アンダーセンのデビュー作「遺書の誓ひ」を併録した欧州ミステリ集。　本体 3800 円

ブランディングズ城のスカラベ騒動◉P・G・ウッドハウス

論創海外ミステリ281　アメリカ人富豪が所有する貴重なスカラベを巡る争奪戦。“真の勝者”となるのは誰だ？英国流ユーモアの極地、〈ブランディングズ城〉シリーズの第一作を初邦訳。　本体 2800 円

デイヴィッドスン事件◉ジョン・ロード

論創海外ミステリ282　思わぬ陥穽に翻弄されるプリーストリー博士。仕組まれた大いなる罠を暴け！　Ｃ・エヴァンズが「一九二〇年代の謎解きのベスト」と呼んだロードの代表作を日本初紹介。　本体 2800 円

好評発売中

論創社

クロームハウスの殺人◉G. D. H & M・コール

論創海外ミステリ283　本に挟まれた一枚の写真が人々の運命を狂わせる。老富豪射殺の容疑で告発された男性は本当に人を殺したのか？　大学講師ジェームズ・フリントが未解決事件の謎に挑む。　本体3200円

ケンカ鶏の秘密◉フランク・グルーバー

論創海外ミステリ284　知力と腕力の凸凹コンビが挑む今度の事件は違法な闘鶏。手強いギャンブラーを敵にまわした素人探偵の運命は？〈ジョニー&サム〉シリーズの長編第十一作。　本体2400円

ウィンストン・フラッグの幽霊◉アメリア・レイノルズ・ロング

論創海外ミステリ285　占い師が告げる死の予言は実現するのか？　血塗られた過去を持つ幽霊屋敷での怪事件に挑むミステリ作家キャサリン・パイパーを待ち受ける謎と恐怖。　本体2200円

ようこそウェストエンドの悲喜劇へ◉パメラ・ブランチ

論創海外ミステリ286　不幸の連鎖と不運の交差が織りなす悲喜交交の物語を彩るダークなユーモアとジョーク。ようこそ、喧騒に包まれた悲喜劇の舞台へ！　本体3400円

ヨーク公階段の謎◉ヘンリー・ウェイド

論創海外ミステリ287　ヨーク公階段で何者かと衝突した銀行家の不可解な死。不幸な事故か、持病が原因の病死か、それとも……。〈ジョン・プール警部〉シリーズの第一作を初邦訳！　本体3400円

不死鳥と鏡◉アヴラム・デイヴィッドスン

論創海外ミステリ288　古代ナポリの地下水路を彷徨う男の奇妙な冒険。鬼才・殊能将之氏が「長編では最高傑作」と絶賛したデイヴィッドスンの未訳作品、ファン待望の邦訳刊行！　本体3200円

平和を愛したスパイ◉ドナルド・E・ウェストレイク

論創海外ミステリ289　テロリストと誤解された平和主義者に課せられた国連ビル爆破計画阻止の任務！「どこを読んでも文句なし！」（『New York Times』書評より）　本体2800円

好評発売中